KB269940

누가 회장이 될까?

Who'll Be President?

DARAKWON

About Wise & Wide

- 렉사일 지수(Lexile® measures)에 맞춘 체계적인 6단계 영어 독서 프로그램
- 우리나라와 세계의 초등 교과 과정을 분석해 뽑은 다채롭고 흥미로운 주제
- 스토리, 설명문, 명작 리라이팅 등 다양한 형식의 새롭고 유익한 읽을거리
- 정보와 재미, 논픽션 학습과 픽션 학습의 장점을 한 번에!
- 탄탄한 독후 활동으로 쑥쑥 자라는 사고력

Wise & Wide는 렉사일 지수(Lexile® measures)를 기준으로 각 단계를 체계적으로 나눈, 총 60권 구성의 6단계 영어 독서 프로그램입니다. 렉사일 지수는 미국 정규 공교육 과정과 여러 영어 프로그램에서 가장 많이 사용되는 영어 독서 지수입니다. 미국 50개 주 가운데 21개 주에서 렉사일 지수를 학기말 시험(End of Grade) 성적표에 직접 표시하며, 세계적으로 저명한 150개 이상의 출판사들이 렉사일 지수를 채택하여 사용하고 있기도 합니다. 우리나라와 미국, 영국, 호주 등 세계 초등 교과 과정을 분석해 뽑은 흥미로운 주제로 미국, 영국의 우수한 작가들이 집필한 다양한 종류의 읽을거리를 만나보세요. 도표(organizer) 완성, 자기 생각 말하기, 독후 테스트 풀기 등 탄탄한 독후 활동도 준비되어 있습니다.

시리즈 수준 & 렉사일 지수

시리즈 단계	렉사일 지수	미국 학년 (U.S. Grade)
Level 1	200L 이하	Pre K - K
Level 2	190L - 400L	Lower Grade 1
Level 3	350L - 530L	Upper Grade 1
Level 4	420L - 650L	Grade 2
Level 5	520L - 940L	Grade 3 - 4
Level 6	830L - 1070L	Grade 5 - 6

* 똑똑한 영어 읽기 Wise & Wide 시리즈의 1단계는 미국의 미취학 수준에 해당합니다.
* 렉사일 지수와 미국 학년과의 관계 출처: CCSS(Common Core State Standards) FOR ENGLISH LANGUAGE ARTS, APPENDIX A
  (2012, 미국 45개 주에서 사용 중)

	Level 1	Level 2	Level 3	Level 4	Level 5	Level 6
1 권	과학〉생물: 동물들의 겨울잠 Story	과학〉생물: 생물과 무생물 Story	과학〉생물〉 동물, 환경: 해달 Story	환경〉 자연과 인생: 해녀 & 감나무 Story	과학〉생물〉 동물: 아마존의 놀라운 동물들 Story	과학〉생물: 세균, 전염성 질환 Story
2 권	문학〉세계 명작: 이솝 우화 Story	문학〉전래 동화: 돌에 관한 옛이야기 Story	사회〉경제: 용돈 버는 사업, 저축 Story	과학〉생물〉 식물: 광합성 Story	과학〉지구과학: 지각, 지진, 화산, 대기 Report	수학〉수열: 황금 비율과 피보나치 수열 Story
3 권	과학〉물리: 그림자의 원리 Story	문학〉세계 명작: 피터 팬 Story	과학〉과학 기술: 나노봇 Story	문학〉신화: 세계의 천지 창조 이야기 Story	문학〉전설: 아서왕 이야기 Story	문학〉신화: 별자리 신화 Story
4 권	문학〉전래 문학: 탈무드 Story	과학〉생물〉 동물: 북극곰 Story	과학〉생물〉 동물: 마운틴 고릴라 Story	사회〉인류 문화: 세계의 놀라운 고대 문화 Story	과학〉지구과학: 구름과 날씨 Story	문학〉 인간과 동물: 소녀와 말의 우정 Story
5 권	사회〉윤리: 생활 속의 규범 Story	과학〉생물: 몸의 감각 Report	사회〉인류 문화: 세계의 독특한 축제 Report	예술〉음악: 오페라 이야기 Story	사회〉세계 문화· 역사: 르네상스 시대의 특징 Story	스포츠〉 보드 스포츠: 서핑 & 스노보딩 Story
6 권	사회〉세계지리, 여행: 세계의 명소 Story	과학〉생물〉 동물: 공룡 Story	과학〉천문학: 우주, 태양계 행성 Story	사회〉인물: 고난을 이겨낸 세 위인들 Story	과학〉과학 기술: 놀라운 로봇의 세계 Report	예술〉음악: 낭만주의 시대의 작곡가들 Report
7 권	과학〉우주 과학: 우주 비행사들의 생활 Report	사회〉인류 문화: 세계의 전설 속 괴물들 Report	수학〉기초 수학: 숫자, 측정, 형태, 데이터 Report	과학·사회〉 기술, 문화: 세계의 발명품 Report	예술〉미술: 세계의 명화 Report	사회〉인간과 동물: 인간을 위해 활약 하는 동물들 Report
8 권	사회〉인류 문화: 세계의 다양한 생활 문화 Story	예술〉음악: 오케스트라의 악기들 Story	사회〉생활 안전: 조난 시 기본 대처 방법 Story	사회〉역사: 미국의 골드러시 Report	사회·과학〉 심리학: 생활 속의 심리학 Story	문학〉세계 명작: 베니스의 상인 Story
9 권	사회〉직업: 여러 직업에 관한 인터뷰 Report	과학〉과학 기술: 시대의 변화와 기술의 발달 Story	사회〉정치〉선거: 학생회장 선거 Story	문학〉세계 명작: 셜록 홈즈 이야기 Story	문학〉세계 명작: 15소년 표류기 Story	사회〉역사·인물: 역사 속의 리더들 Report
10 권	문학〉전래 동화: 같은 주제의 동·서양 옛이야기 Story	스포츠〉겨울 스포 츠: 동계 올림픽 종목의 이모저모 Report	문학〉세계 명작: 오 헨리 단편 Story	스포츠〉구기 종목: 인기 있는 구기 종목의 이모저모 Report	사회〉역사: 역사를 뒤바꾼 세계사의 명장면 Report	예술·사회〉미술: 그림의 창작·유통· 보존에 관한 이야기 Report

* 똑똑한 영어 읽기 Wise & Wide 시리즈는 60권까지 계속 출간됩니다.

How to Use
This Book

●Before Reading

어떤 분야, 어떤 종류의 이야기를 읽게 될지, 줄거리는 어떠한지 미리 쉽게 알아 볼 수 있어요.

●영어 본문

미국, 영국의 우수한 작가들이 집필하여 각 단계의 수준에 맞는 영어 문장·표현 의 참맛을 제대로 느낄 수 있어요.

●Pop Quiz

쪽지 시험처럼 핵심을 찌르는 퀴즈로 해당 페이지의 내용을 잘 이해하고 있는 지 바로 확인해 보세요.

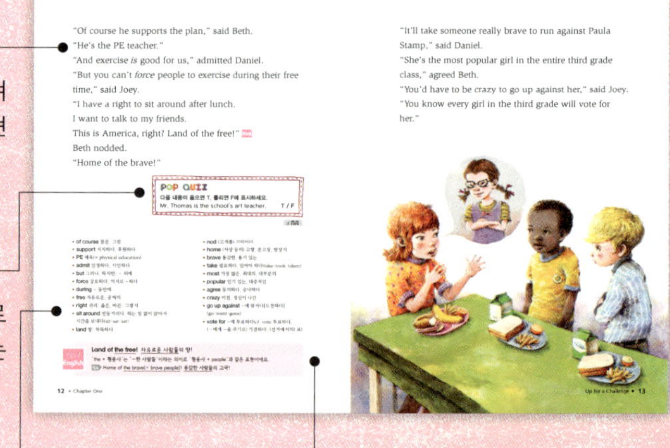

●어휘 설명

일일이 사전을 찾아보지 않아도 주요 어휘와 표현의 뜻을 알 수 있어요.

●Aha! 상식

Aha! 표시가 붙어 있는 문장에 대한 설명은 여기서 확인하세요. 문화 상식, 영어 구문이나 문법 상식, 그리고 과학·경제 상식까지! 각 분야의 상식들이 알차게 들어 있어 읽는 재미가 두 배예요.

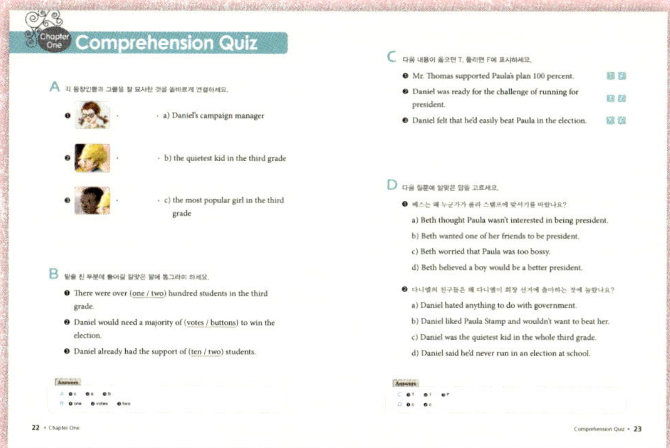

•Comprehension Quiz

한 chapter를 다 읽은 후에는 다양한 문제를 풀어보며 내용을 제대로 이해했는지 정리하고 넘어가세요.

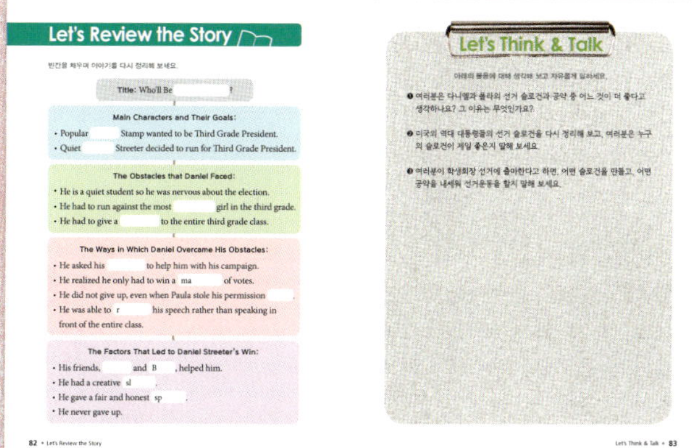

•Let's Review the Story /
•Let's Think & Talk

Organizer의 빈칸을 채우며 전체 이야기를 요약하고, 질문에 답하며 내 생각과 느낌을 자유롭게 정리해 봐요. 훗날 논술에 대비할 논리력과 사고력을 기를 수 있어요.

Audio CD

책의 내용이 그대로 담긴 오디오 CD. 오디오 극장처럼 생생하고 재미있는 음원을 만나보세요. (MP3 파일 PC·모바일 무료 다운로드)

온·오프라인 독후 테스트 & 온라인 단어 퀴즈·단어 리스트

독후 테스트는 책 또는 온라인으로 풀어볼 수 있어요. 온라인으로 풀면 좀 더 자세한 응시 결과와 함께, 전체 응시자들과 비교했을 때 내 실력이 어느 정도 위치인지도 알아볼 수 있어요.

추가로 제공되는 온라인 단어 퀴즈도 풀어보시고, 단어 리스트도 PC나 모바일로 무료로 다운로드 받으세요.

www.darakwon.co.kr

Before Reading

Who'll Be President?

누가 회장이 될까?

민주주의의 꽃, 선거!

학교, 정부, 기관 등 어떤 모임의 대표자를 투표를 통해 뽑는 것을 '선거'라고 해요. 선거는 모든 국민이 정치에 직접 참여하기 어렵기 때문에 자신들의 뜻을 대신 실천해줄 대표자를 뽑는 것으로, 고대 아테네에서 유래된 제도라고 할 수 있어요. '대의 정치(대표가 대신 정치에 참여하는 것)' 또는 '간접 민주주의'의 표현이라고 할 수 있죠. 따라서 나를 대표할 사람을 뽑는 선거는 대단히 중요한 정치적 활동이라고 할 수 있어요. 보통, 선거의 절차는 후보자 등록, 선거 운동, 선거일에 하는 투표와 개표로 진행돼요.

초등학교에서도 학급 대표나 학생회장 선거가 치뤄지고 있는데, 이 기회를 통해 학생들은 민주적인 투표 과정에 대해 많이 배울 수 있게 되죠. 이러한 활동은 나중에 어른이 되어 국회의원이나 대통령을 뽑을 때 여러 후보들 가운데 누구를 선택하고 지지할지 현명하게 판단할 수 있는 자신만의 기준을 만드는 데 밑거름이 된답니다.

줄거리

학교 구내식당에서 친구 조이, 베스와 함께 점심을 먹던 다니엘은 3학년 학생회장 선거에 폴라가 나온다는 말을 듣게 돼요. 폴라는 3학년 친구들에게 가장 인기가 있는 여학생이라 학생회장으로 선출될 가능성이 높아요. 하지만 폴라의 공약에 조이와 베스는 투덜대죠. 그녀의 공약은 바로 건강을 위해 점심 식사 후에 모든 학생이 1마일을 걷게 만들 거라는 거예요.

조용한 성격이지만 정치에 관심이 많은 다니엘은 조이와 베스의 이야기를 듣다가 자신이 폴라에 맞서 학생회장에 출마해 보겠다고 말해요. 그 말에 조이와 베스는 깜짝 놀라지만, 가장 친한 친구인 다니엘의 선거를 도와주기로 하죠.

과연, 다니엘은 3학년 여학생들의 절대적 지지를 받는 폴라에 맞서 학생회장이 될 수 있을까요?

 Contents

Who'll Be President?
누가 회장이 될까?

누가 회장이 될까?

Who'll Be President?

Chapter One

Up for a Challenge

도전에 나서며

Daniel sat at the lunch table with his two best friends, Joey and Beth.

The school cafeteria buzzed with news.

The third grade class elections were just around the corner!

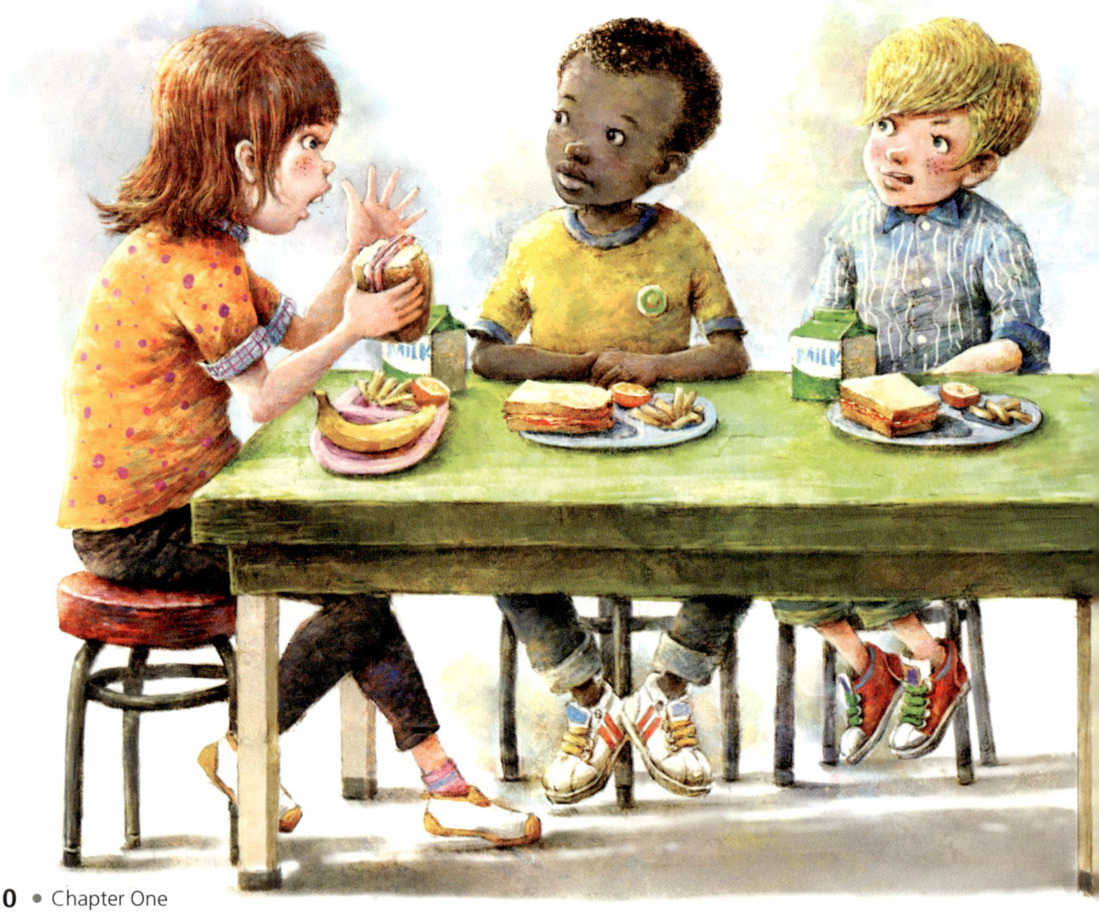

"Someone *has* to run against Paula," said Beth.
She chewed her bologna sandwich.
"We can't have her boss us
around for an entire year!"
Joey groaned.
"She'll make our lives
miserable.
Did you hear about her latest
idea?
She wants every single third
grader to walk a mile after lunch.
She says exercise is good for us.
And Mr. Thomas is behind the plan 100 percent!"

▲ 볼로냐 소시지
(이탈리아 볼로냐가 원산지로 고기에
지방 등을 첨가해 만든 대형 소시지)

- **up for** (어떤 활동을) 기꺼이 하려고 하는,
  (선거 등에) 출마하여
- **challenge** 도전; 도전하다
- **cafeteria** 카페테리아, 구내식당
- **buzz with** ~로 부산하다[떠들썩하다]
- **third** 세 번째의, 제3의; 세 번째
- **grade** 학년, 등급(*cf.* grader 학년생)
- **election** 선거, 투표
- **just around the corner** 임박하여
  (*cf.* corner 모퉁이)
- **have to + 동사원형** ~해야 하다(have-had-had)
- **run** (선거에) 출마하다, 달리다(run-ran-run)
- **against** ~에 맞서[반대하여]

- **chew** (음식을) 씹다, 깨물다
- **bologna** 볼로냐 소시지
- **sandwich** 샌드위치
- **can't + 동사원형** ~할 수 없다(↔ can ~할 수 있다)
- **boss A around** A를 지배하다[쥐고 흔들다]
- **entire** 전체의, 완전한
- **groan** (짜증으로) 끙 하는 소리를 내다, 투덜대다
- **miserable** 비참한, 절망적인
- **latest** (가장) 최근의, 최신의
- **every single** 단 하나의 ~도(*cf.* every 모든)
- **mile** (거리 단위) 마일(약 1,609미터)
- **be behind** 지지하다(*cf.* behind ~ 뒤에)
- **percent** 퍼센트(%)

"Of course he supports the plan," said Beth.

"He's the PE teacher."

"And exercise *is* good for us," admitted Daniel.

"But you can't *force* people to exercise during their free time," said Joey.

"I have a right to sit around after lunch.

I want to talk to my friends.

This is America, right? Land of the free!" 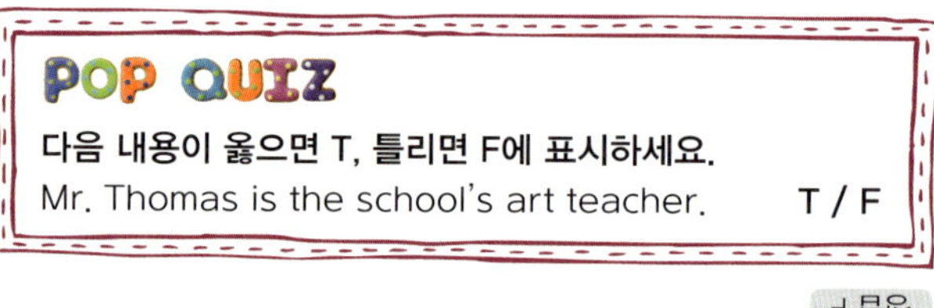

Beth nodded.

"Home of the brave!"

POP QUIZ

다음 내용이 옳으면 T, 틀리면 F에 표시하세요.
Mr. Thomas is the school's art teacher.　　T / F

정답 F

- **of course** 물론, 그럼
- **support** 지지하다, 후원하다
- **PE** 체육(= physical education)
- **admit** 인정하다, 시인하다
- **but** 그러나, 하지만; ~ 외에
- **force** 강요하다, 억지로 ~하다
- **during** ~ 동안에
- **free** 자유로운, 공짜의
- **right** 권리; 옳은, 바른; 그렇지
- **sit around** 빈둥거리다, 하는 일 없이 앉아서 시간을 보내다(sit-sat-sat)
- **land** 땅; 착륙하다
- **nod** (고개를) 끄덕이다
- **home** (사상 등의) 고향, 본고장, 발상지
- **brave** 용감한, 용기 있는
- **take** 필요하다, 있어야 하다(take-took-taken)
- **most** 가장 많은, 최대의, 대부분의
- **popular** 인기 있는, 대중적인
- **agree** 동의하다, 승낙하다
- **crazy** 미친, 정신이 나간
- **go up against** ~에 맞서다[도전하다] (go-went-gone)
- **vote for** ~에 투표하다(*cf.* vote 투표하다, (…에게 ~을 주기로) 가결하다; (선거에서의) 표)

Land of the free! 자유로운 사람들의 땅!

'the + 형용사'는 '~한 사람들'이라는 의미로 '형용사 + people'과 같은 표현이에요.

ex. Home of the brave(= brave people)! 용감한 사람들의 고국!

"It'll take someone really brave to run against Paula Stamp," said Daniel.

"She's the most popular girl in the entire third grade class," agreed Beth.

"You'd have to be crazy to go up against her," said Joey.

"You know every girl in the third grade will vote for her."

It was true, Daniel thought.

Paula Stamp would be impossible to beat.

And yet, Daniel liked politics.

He thought he'd make a good president for his grade.

He was fair and a good listener.

He had lots of good ideas for third graders.

"I'm going to run for Third Grade President," said
Daniel. **Aha!**

- **think** 생각하다(think-thought-thought)
- **impossible** 불가능한
- **beat** 이기다(beat-beat-beaten)
- **and yet** 그렇다 하더라도, 그럼에도 불구하고
- **politics** 정치
- **fair** 공정한, 타당한
- **listener** 듣는 사람, 청자
- **lots of** 많은

Beth dropped her banana. "You?"

Joey's milk dribbled down his chin. "Seriously?"

Daniel expected their reactions.

Sure, he was fair and a good listener.

He might even have lots of great ideas.

But Daniel Streeter was just about the *quietest* kid in the whole third grade.

Hardly anyone knew he existed.

Still, someone had to run against Paula.

ⓔ 目&

- **drop** 떨어뜨리다, 떨어지다
- **dribble** 질질 흘리다, 줄줄 흐르다
- **chin** 턱
- **seriously** 진지하게, 진심으로
- **expect** 예상하다, 기대하다
- **reaction** 반응, 태도, 반작용
- **sure** 물론, 확실히; 확신하는
- **might + 동사원형** ~일지도 모른다
- **even** ~도, 심지어
- **just about** 거의, 대충
- **quietest** 가장 조용한(quiet의 최상급)
- **hardly** 거의 ~ 아니다[않다]
- **anyone** 누구, 아무나
- **know** 알다(know-knew-known)
- **exist** 존재하다, 살아 있다
- **still** 그럼에도 불구하고, 여전히; 조용한

"I'm going to run for Third Grade President," said Daniel. "내가 3학년 회장 선거에 출마할 거야." 다니엘이 말했다.

'~할 것이다[예정이다]'라는 뜻으로, 특히 가까운 미래의 일을 나타낼 때는 'be동사 + going to + 동사원형'을 쓸 수 있어요.

ex. I'm a little scared but I'm going to do it. 나는 조금 무섭지만 그것을 할 것이다.

Daniel turned to his friends.

"I'm a little scared but I'm going to do it.

Will you help me?"

Beth sighed.

Daniel didn't have a chance of winning.

But Daniel was one of her best friends.

"Okay," she said.

"I'm in. But we have to get to work.

▲ thumbs up 자세

We'll need a slogan and buttons
and posters."

"I'm in, too," said Joey.

"You need a great campaign
manager."

He made a thumbs up gesture to
Beth and Daniel.

"We can do this!"

- **turn** (몸 등이 다른 방향을 향하게) 돌리다
- **a little** 조금, 약간
- **scared** 두려운, 무서운
- **sigh** 한숨을 쉬다; 한숨
- **chance** 가능성, 기회
- **winning** 승리, 우승
- **in** ~에 참가하여[소속하여], ~ 속에
- **get to work** 일에 착수하다, 일을 시작하다
  (get-got-gotten)

- **need** 필요하다, ~해야 하다
- **slogan** 슬로건, 구호
- **button** 배지, 단추
- **poster** 포스터, 벽보
- **too** 역시, 또한, 너무
- **campaign** 선거운동, 캠페인; 캠페인[운동]을 벌이다
- **manager** 관리자, 매니저(*cf.* manage 관리하다)
- **thumbs up** 엄지손가락들을 들어 올림
- **gesture** 자세, 제스처

POP QUIZ

다니엘의 선거운동을 돕기로 한 사람은 누구인가요?
ⓐ Beth and Joey
ⓑ the majority of boys in the third grade

ⓔ 답정

Daniel swallowed the last of his peanut butter and jelly sandwich.

Had he bitten off more than he could chew, running for Third Grade President?

There were over one hundred or so kids who made up the third grade. 

It would be difficult to win over all of them.

But then Daniel smiled.

He didn't need the vote of *every* student.

He only needed a *majority* of the votes.

Fifty-five votes or so didn't seem like that much.

And he already had the three votes at his lunch table.

- **swallow** 삼키다, 받아들이다
- **the last of** ~의 마지막 남은 것
- **peanut butter** 땅콩버터
- **jelly** 젤리 (잼), 젤리형 소스
- **bite off more than one can chew** 너무 욕심을 부리다, 분에 넘치는 일을 하려 하다
  (*cf.* bite 베어 물다(bite-bit-bitten); 한 입)
- **over** ~ 이상, ~이 넘는
- **hundred** 백, 100
- **or so** ~ 정도[쯤]

- **make up** ~을 이루다[형성하다]
  (make-made-made)
- **difficult** 어려운, 힘든
- **win over** 설득하다, 자기편으로 끌어들이다
  (*cf.* win 이기다, 얻다(win-won-won))
- **then** 그때, 그러고 나서
- **a majority of** 다수의
  (*cf.* majority 대다수, 과반수, 득표 차)
- **seem like** ~처럼 보이다
- **already** 이미, 벌써

There were over one hundred or so kids who made up the third grade. 3학년을 구성하는 아이들은 백 명이 넘는 정도가 있었다.

'~이 있다[있었다]'라는 표현은 'there + be동사'로 표현할 수 있어요. 이때 be동사는 뒤에 나오는 명사와 상황에 따라 is, are, was, were 중에서 골라 쓰면 돼요. 여기서는 뒤에 '백 명 이상쯤 아이들'이라고 복수형이 왔고, 과거의 이야기이므로 were를 썼어요.

ex. There are three boxes on the table. 탁자 위에 3개의 상자가 있다.

"Come on, guys," said Daniel.

"I need to tell our teacher that I'm throwing my hat in the ring." **Aha!**

"That's a funny thing to say," said Joey.

"You're not wearing a hat."

- **Come on!** 서둘러!, 힘내!
- **guys** 여러분, 사람들(*cf.* guy 남자)
- **throw one's hat in the ring** 출마를[출전을] 선언하다
  (*cf.* throw 던지다(throw-threw-thrown) / ring 링, 원형 경기장)
- **funny** 재미있는, 웃기는
- **thing** 말, 것, 사물
- **wear** 쓰고[입고, 신고] 있다
  (wear-wore-worn)

I need to tell our teacher that I'm throwing my hat in the ring. 나는 우리 선생님에게 링에다 내 모자를 던지겠다고 말해야 한다.
'~할 것이다'라고 가까운 미래의 계획을 나타낼 때는 'be동사 + 동사원형-ing'를 쓸 수 있어요.
ex. He is visiting his grandparents this vacation. 그는 이번 방학에 조부모님 댁을 방문할 것이다.

"It means I'm ready for a challenge," said Daniel.

"My dad uses this expression.

It came about in the early 19th century when boxing

rings were round. 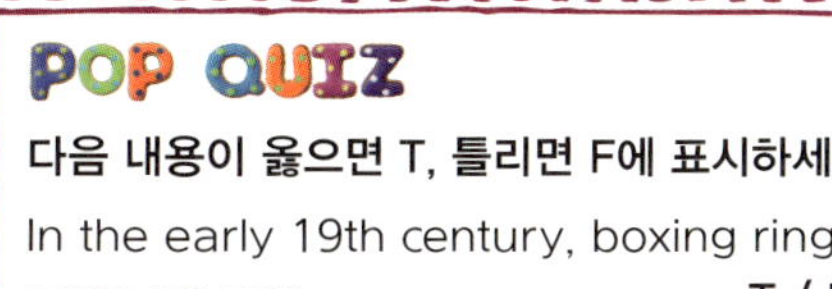

If anyone in the audience wanted to challenge a boxer,

he'd throw his hat in the ring."

"That's perfect," said Beth.

"Because you're going to get a challenge, running for

president against Paula!"

> **POP QUIZ**
>
> 다음 내용이 옳으면 T, 틀리면 F에 표시하세요.
>
> In the early 19th century, boxing rings
> were square.   T / F

정답 F

- **mean** 의미하다, 뜻하다(mean-meant-meant)
- **be ready for** ~할 준비가 되다
- **expression** 표현, 표정
- **come about** 발생하다, 생기다(come-came-come)
- **early** 초기의, 이른
- **century** 세기, 100년
- **boxing** 복싱, 권투
- **if** 만약 ~한다면, ~인지 아닌지
- **audience** 청중, 관객
- **boxer** 복싱 선수, 권투 선수
- **perfect** 완벽한, 완전한
- **because** 왜냐하면, ~ 때문에

throw one's hat in(to) the ring 표현의 유래

이 표현은 19세기 초 미국에서 권투 경기를 할 때 상대 선수에게 도전하는 의미로 링 안에 모자를 던진 것에서 유래했어요. 이 표현은 특히 정치인들이 선거에 출마할 때 자주 쓰는 것으로, 이것을 처음 사용한 사람은 루스벨트라고 전해져요. 1912년에 "My hat is in the ring."이라는 말로 대통령 선거 출마를 발표했다고 하네요.

A 각 등장인물과 그들을 잘 묘사한 것을 올바르게 연결하세요.

 ❶ •

• a) Daniel's campaign manager

 ❷ •

• b) the quietest kid in the third grade

 ❸ •

• c) the most popular girl in the third grade

B 밑줄 친 부분에 들어갈 알맞은 말에 동그라미 하세요.

❶ There were over (one / two) hundred students in the third grade.

❷ Daniel would need a majority of (votes / buttons) to win the election.

❸ Daniel already had the support of (ten / two) students.

Answers

A ❶ c ❷ a ❸ b
B ❶ one ❷ votes ❸ two

C 다음 내용이 옳으면 T, 틀리면 F에 표시하세요.

❶ Mr. Thomas supported Paula's plan 100 percent. `T` `F`

❷ Daniel was ready for the challenge of running for president. `T` `F`

❸ Daniel felt that he'd easily beat Paula in the election. `T` `F`

D 다음 질문에 알맞은 답을 고르세요.

❶ 베스는 왜 누군가가 폴라 스탬프에 맞서기를 바랐나요?

a) Beth thought Paula wasn't interested in being president.

b) Beth wanted one of her friends to be president.

c) Beth worried that Paula was too bossy.

d) Beth believed a boy would be a better president.

❷ 다니엘의 친구들은 왜 다니엘이 회장 선거에 출마하는 것에 놀랐나요?

a) Daniel hated anything to do with government.

b) Daniel liked Paula Stamp and wouldn't want to beat her.

c) Daniel was the quietest kid in the whole third grade.

d) Daniel said he'd never run in an election at school.

Answers

C ❶ T   ❷ T   ❸ F
D ❶ c   ❷ c

Finding a Winning Slogan

승리 슬로건 찾기

Beth flopped onto Daniel's couch and opened *The Essential Book of Presidential Trivia*.

"This book has everything we need!

We can check out all the slogans from presidential campaigns.

Maybe we'll get a few ideas."

Joey sat on one side of her and Daniel sat on the other side. 

"Good thinking," said Daniel.

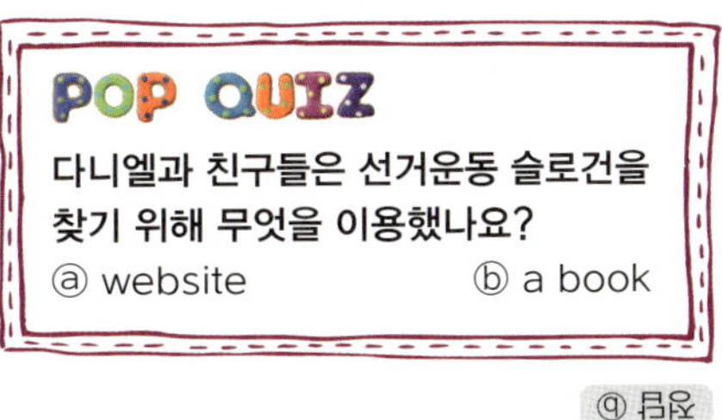

- **find** 찾다, 발견하다(find-found-found)
- **winning** 이긴, (사람의) 마음을 끄는; 승리
- **flop** 털썩 주저앉다, 갑자기 바뀌다
- **couch** 소파, 긴 의자
- **essential** 필수적인, 극히 중요한
- **presidential** 대통령의, 대통령 선거의
- **trivia** 일반 상식, 사소한 정보

- **everything** 모든 것
- **check out** 조사하다, 확인하다
- **maybe** 아마도, 어쩌면
- **a few** 어느 정도, 조금
- **side** (위치의 어느 한) 쪽
- **the other** (둘 중에) 다른 하나(의)(*cf.* other 다른)
- **thinking** 생각, 의견

Aha! English

Joey sat on one side of her and Daniel sat on the other side. 조이는 그녀의 한쪽 옆에 앉았고, 다니엘은 다른 편에 앉았다.
두 개 중에서 하나는 one, 남은 다른 하나는 the other이라고 쓰면 돼요.
ex. Two girls came in the class. One was tall, and the other was short. 두 소녀가 교실에 들어왔다. 한 명은 키가 크고, 다른 한 명은 작았다.

"What was George Washington's slogan?" asked Joey. "I'll bet he had a good one!"

"He didn't need one," said Daniel.

"Washington was chosen by the Electoral College." 

▲ 조지 워싱턴(미국 초대 대통령)

"Yes," said Beth.

"He was chosen unanimously, too. That means everyone in the Electoral College voted for him."

- **I'll bet (that)** ~을 확신하다
  (*cf.* bet 틀림없다, 돈을 걸다(bet-bet-bet))
- **be chosen** 선발되다
  (*cf.* choose 선택하다(choose-chose-chosen))
- **the Electoral College** (미국의 대통령과 부통령)
  선거인단(*cf.* electoral 선거의 / college 단체, 대학)
- **unanimously** 만장일치로
- **miss** 놓치다, 이해하지 못하다

- **place** 장소; 놓다
- **process** 과정, 절차
- **state** 주(州)
- **certain** 일정한, 특정한, 어떤, 확실한
- **elector** 선거인, 유권자
- **Vice President** (미국) 부통령
  (*cf.* vice president 부회장)

미국의 대통령 선거 제도

미국의 대통령 선거는 선거인단에 의해 선출되는 간접 선거처럼 보일 수 있지만, 선거인단은 국민이 직접 투표해서 뽑기 때문에 직접 선거와 간접 선거의 혼합된 형태라고 할 수 있어요. 미국 국민은 자신이 뽑고 싶은 대통령 후보를 지지하는 선거인단에 투표하고, 이 선거인단은 또 그들이 지지하는 당의 대통령 후보에게 투표하죠. 하지만 주별로 표를 더 많이 얻은 당이 그 주에 배정된 선거인단 표를 모두 차지하는 승자 독식 제도를 취하고 있어요. 주별로 인구에 비례해서 선거인단 수가 다르게 미리 정해지는데, 총선거인단 수는 상원의원과 하원의원을 합쳐 538명이라고 하네요.

"I think I missed the day we talked about that," said
Joey.

"Where's the Electoral College?"

"Well, it's not a place," said Daniel.

"It's a process.

Every state has a certain number of electors.

They vote for the President and the Vice President."

"Hold on," said Joey.

"I thought *we* vote for the President.

Well, I mean that our parents vote.

And anyone else who's a registered voter.

Isn't that right?"

"That's right," said Daniel.

"Voters go to the polls and fill out a ballot.

Most states have a 'winner takes all' system. **Aha!**

The candidate with the majority of the popular vote gets

all the electoral votes."

"And speaking of the popular vote…" Beth sighed.

"We're going to need a great slogan to beat the most popular third grader!

She has a pretty terrific one."

Daniel gulped.

"What is it?"

"Go with a champ and vote for Paula Stamp," said Beth.

"Wow," said Daniel.

"That's really good.

Better start reading those slogans!"

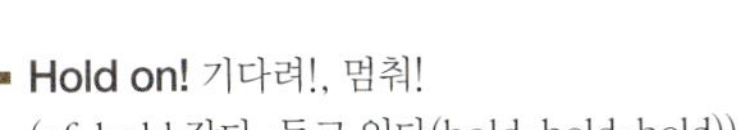

- **Hold on!** 기다려!, 멈춰!
  (*cf.* hold 잡다, 들고 있다(hold-held-held))
- **else** 또 다른
- **registered** 등록된, 등록한
- **voter** 유권자, 투표자
- **poll** (복수형) 투표소, 투표, 선거
- **fill out** 써넣다, 기입하다(*cf.* fill 채우다)
- **ballot** 투표용지, 무기명[비밀] 투표
- **winner** 승자, 우승자
- **system** 제도, 체계

- **candidate** 후보자, 지원자
- **popular vote** (미국 대통령 선거인을 뽑는) 일반 투표
- **speaking of** ~에 대해서 말하자면
- **pretty** 꽤, 어느 정도; 예쁜
- **terrific** 아주 좋은, 멋진
- **gulp** (놀람, 공포 등으로) 침을 꿀떡 삼키다, (숨을) 깊게 들이마시다
- **champ** 챔피언(= champion)
- **better** 더 나은, 더 좋은(well의 비교급)
- **read** 읽다(read-read-read)

미국의 승자 독식 제도

일반 투표로 치러지는 각 주의 선거인단 투표에서 한 표라도 이긴 대통령 후보가 그 주에 배정된 선거인단의 표를 모두 차지하는 미국의 독특한 선거 방식이에요. 50개 주 가운데 48개 주가 이 방식으로 선거인단을 선출하죠. 전체 선거인단 538명 중에서 과반수인 270명 이상의 표를 확보한 후보가 대통령으로 뽑힌답니다.

Beth turned the page.

"The first slogan that helped to win an election was

▲ 윌리엄 헨리 해리슨

'Tippecanoe and Tyler, too!' It was William Henry Harrison's slogan in 1840. He'd won a battle at a place called Tippecanoe, and John Tyler was his running mate. So that's how 'Tippecanoe and Tyler, too!' came about. Pretty catchy, huh?"

"I guess," said Joey.

"But Daniel hasn't exactly won any battles. And vice presidents in the school elections run on their own."

윌리엄 헨리 해리슨(William Henry Harrison)

미국의 9대 대통령으로 23대 대통령을 지낸 벤저민 해리슨의 할아버지이기도 해요. 그는 취임 한 달 만에 급성 폐렴으로 사망하면서 미국 대통령 중 가장 짧게 재임한 대통령이기도 하죠. 원래 전역 후 인디애나 주지사로 있던 해리슨은 인디언들과의 전투였던 티페카누 전투를 승리로 이끌면서 전국적으로 이름을 떨치게 되었다고 해요. 1840년 대통령 선거 당시 그는 러닝메이트로 존 타일러(John Tyler)를 선택했고, 해리슨 사후 존 타일러가 미국의 10대 대통령이 되었어요. 선거 당시 이들의 슬로건이 바로 "Tippecanoe and Tyler, too!"였는데, 해리슨 자신의 별칭인 티페카누와 러닝메이트의 성을 붙여서 만든 거예요.

▲ 티페카누 전투 모습

Daniel nodded.

"Did you know that the twins, Lucy and Luke Barkley, were running for vice president?"

"So either way, we're going to have a Barkley," said Joey.

"True, but all the girls will vote for Lucy," said Beth.

"There are more girls than boys in the third grade."

- **first** 최초의, 첫 번째의
- **Tippecanoe** 티페카누(William Henry Harrison을 가리키는 다른 이름), 티페카누 강(미국 인디애나 주에 있는 강)
- **battle** 전투, 전쟁
- **running mate** 러닝메이트(선거 동반 출마자), (미국에서 특히) 부통령 후보
- **catchy** 기억하기 쉬운, 매력 있는
- **huh** 응?, 네?, 흥!
- **guess** ~라고 생각하다, 추측하다, 짐작하다
- **not exactly** 전혀[결코] ~이 아닌
- **any** 어떤, 어느
- **so** 그러니까, 그래서; 너무
- **either way** (둘 중) 어느 쪽이든 (*cf*. way 방법, 길)
- **more** 더 많은; 더 많은 것[일, 사람] (much의 비교급)
- **than** ~보다

Vote Yourself a Farm!

"Instead of the two parties, the Republicans and the Democrats, we have the girls versus the boys," said Daniel.

"So it's just like you and Paula in the presidential election.

We're going to need to get some girls on our side," said Joey.

"Keep reading, Beth.

How about Abraham Lincoln?" **Aha!**

"Hmmm," she said.

"His slogan was, 'Vote Yourself a Farm.'"

"No," said Daniel.

"We need something more modern."

- **instead of** ~ 대신에
- **party** 정당, 파티
- **the Republicans** 공화당
- **the Democrats** 민주당
- **versus** ~대(對)

- **keep + 동사원형-ing** ~을 계속하다 (*cf.* keep 유지하다, 지키다(keep-kept-kept))
- **how about ~?** ~는 어때?
- **farm** 농장, 농가
- **modern** 현대적인, 최신의(↔ old-fashioned 옛날식의)

에이브러햄 링컨(Abraham Lincoln)

미국의 16대 대통령으로 노예제도 반대를 표명하며 임기 중에 있었던 남북전쟁에서 북부 주의 승리를 이끌기도 했어요. 1863년에 드디어 노예 해방 선언을 공표했고, 1865년 4월에 워싱턴 포드 극장에서 존 윌크스 부스에 의해 암살을 당해요. 대통령 선거 당시 슬로건으로 쓴 "Vote Yourself a Farm."은 '당신을 위한 농장을 투표로 가결하라' 즉, '(농장을 지을) 땅을 얻고 싶으면 내게 투표를 하라'는 뜻이라고 하네요.

▲ 링컨 암살 장면

▲ 캘빈 쿨리지

▲ 드와이트 아이젠하워

"Oh! Here's one that could've been written yesterday! It's for Calvin Coolidge: 'Keep Cool With Coolidge,'" said Beth. 

"We could have 'Stay on the Sunny Side of the Street with Streeter!'"

Joey winced.

"No, thanks."

"I Like Ike?" asked Beth.

"That was for Dwight Eisenhower. I guess his nickname was Ike."

- **write** (글씨를) 쓰다(write-wrote-written)
- **cool** 침착한, 자신만만한, 멋진, 시원한
- **stay** 머무르다, 계속 있다
- **sunny side** 양지, 밝은 면
- **wince** 움찔하고 놀라다

- **Ike** 아이크(아이젠하워의 애칭)
- **nickname** 별명, 애칭
- **stand** (어떤 상태·관계에) 있다, 일어서다 (stand-stood-stood)
- **call** 부르다, 전화하다

캘빈 쿨리지(Calvin Coolidge) & 드와이트 아이젠하워(Dwight Eisenhower)

캘빈 쿨리지는 미국의 29대 부통령이자 30대 대통령을 지냈어요. 그의 선거 당시 슬로건인 "Keep Cool With Coolidge."는 '쿨리지와 함께 냉정함[침착함]을 유지하라'는 뜻이에요. 또는 '쿨리지와 함께 계속 쿨하게[멋지게] 살자'는 뜻으로 해석하기도 해요. Coolidge의 Cool 부분과 운이 맞도록 만든 슬로건이죠.

아이젠하워는 제2차 세계 대전 동안 연합군 최고 사령관으로 노르망디 상륙 작전 등 다양한 작전을 계획했고, 이후 미국의 34대 대통령으로 선출되었어요. 아이크(Ike)는 그의 애칭인데, 역시 슬로건의 Like와 운이 맞아서 발음할 때 입에 착 붙는 느낌이 들게 되죠.

"I've got one!" said Joey.

"Stand with Dan!"

"But everyone calls you Daniel, don't they?" asked Beth. **Aha!**

"Yes," said Daniel. "What else have you got?"

But everyone calls you Daniel, don't they? 하지만 모두가 널 다니엘이라고 부른다, 그렇지 않니?

동의를 구하거나 확인을 하기 위해 평서문 끝에 붙여서 '그렇지?'라고 질문하는 것을 '부가의문문'이라고 해요. 부가의문문은 '동사 + 주어?'의 순서로 쓰는데, 이때 동사는 앞 문장의 동사가 긍정이면 부정의 동사로, 앞이 부정이면 긍정으로 써요. 또, 앞 문장의 동사가 일반동사일 때는 do, does, did 중에서 상황과 뒤의 주어에 맞춰 골라 쓰죠. 부가의문문의 주어는 앞 문장의 주어에 맞는 대명사로 바꿔 쓸 수 있어요.

ex. That's a bit plain, isn't it? 그거 약간 밋밋하다, 그렇지 않니?

▲ 지미 카터

(By Unknown or not provided (U.S. National Archives and Records Administration) [Public domain], via Wikimedia Commons)

"Here's a funny one: 'Not Just Peanuts.'
That was for Jimmy Carter." **Aha!**
"Well, he *was* a peanut farmer," said Joey.
"I think his other slogan was better, though," said Beth.
"A Leader, For a Change."
"Definitely better," said Joey.
"A leader…" said Daniel.

He snapped his fingers.
"Stand with a Leader!"
"Daniel Streeter!" said Beth and Joey.

- **farmer** 농부, 농장주
- **though** (문장 끝에 와서) 그렇지만, 하지만
- **leader** 지도자, 대표
- **change** 변화; 변하다
- **definitely** 분명히, 틀림없이

- **snap one's fingers** (손가락으로 딱 소리 내어) 사람의 주의를 끌다
- **real** 진짜의, 실제의
- **enough** 충분히; 충분한

지미 카터(Jimmy Carter)

미국의 39대 대통령인 지미 카터는 대통령이 되기 전에 땅콩과 면화 농장으로 돈을 많이 벌었고, 이 때문에 '땅콩 농부(peanut farmer)'라고 불리기도 했어요. 퇴임 후 '카터 센터'를 설립해 '사랑의 집 짓기(Habitat for Humanity)' 운동을 펼치고, 세계 평화를 위한 다양한 활동을 했죠. 그래서 2002년에 노벨평화상을 수상하기도 했어요.

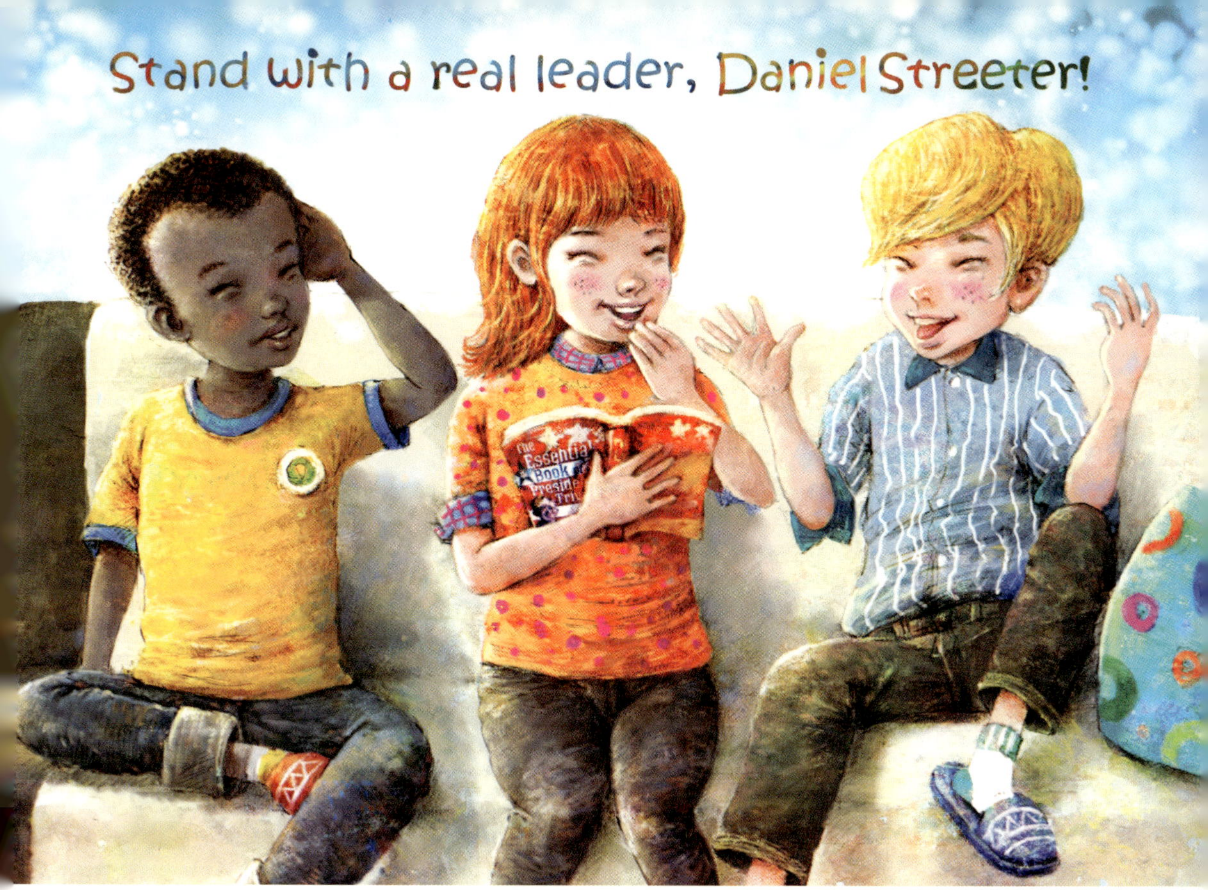

Stand with a real leader, Daniel Streeter!

"I like it," said Daniel.

"Stand with a real leader, Daniel Streeter!"

It was a good slogan, he thought.

It might even be a great slogan.

But was it great enough to win over some of the third grade girls?

A 각 대통령과 그의 선거운동 슬로건을 올바르게 연결하세요.

❶ Abraham Lincoln   •

❷ Jimmy Carter   •

❸ Dwight Eisenhower   •

❹ Calvin Coolidge   •

• a) "I Like Ike."

• b) "Keep Cool with Coolidge."

• c) "Vote Yourself a Farm."

• d) "Not Just Peanuts."

B 다음 내용이 옳으면 T, 틀리면 F에 표시하세요.

❶ George Washington had a great slogan.   T F

❷ Washington was elected by Revolutionary soldiers.   T F

❸ The Electoral College is not a place.   T F

❹ Electors in the Electoral College have votes.   T F

❺ Daniel was sure his slogan would win lots of girl votes.   T F

❻ Daniel thought his slogan might be great.   T F

Answers

A   ❶ c   ❷ d   ❸ a   ❹ b

B   ❶ F   ❷ F   ❸ T   ❹ T   ❺ F   ❻ T

C

C 다음 질문에 알맞은 답을 고르세요.

❶ 베스는 다니엘의 선거운동을 돕기 위해 무엇을 가지고 왔나요?

a) snacks

b) a new poster

c) a book of presidential trivia

d) glitter and construction paper

❷ 폴라 스탬프의 슬로건은 왜 좋았나요?

a) It encouraged students to go with a champion.

b) It had lots of cheery colors.

c) It had extra-large letters.

d) It was just like a movie star's slogan.

❸ 조이는 왜 어느 쪽이든 바클리가 부회장이 될 거라고 말했나요?

a) Lucy Barkley was sure to win her race.

b) All the boys would vote for Luke Barkley.

c) The Barkleys are twins, and the only students running for vice president.

d) When a twin runs in an election, both of them win.

Answers

C   ❶ c   ❷ a   ❸ c

The Rules of the Campaign

선거운동의 규칙들

"Hurry," said Daniel.

"We can't be late to the meeting!"

Daniel and Joey pushed open the media center doors.

The room was filled with third, fourth, and fifth grade students.

Those were the elementary classes that held elections.

Each grade would elect a president, a vice president, a secretary, and a treasurer.

All of them would be campaigning.

And every student who wanted to run had to follow the rules to the letter.

- **rule** 규칙, 원칙
- **hurry** 서두르다, 급히 하다
- **late** 늦은, ~ 말의
- **push open** 밀어서 열다
- **media center** 미디어 센터
- **room** 공간, 방, 장소

- **be filled with** ~로 가득하다
- **fourth** 네 번째의
- **fifth** 다섯 번째의
- **elementary** 초등학교의, 초보의
- **hold an election** 선거를 하다
- **each** 각각(의)

- **elect** 선출하다, 선택하다
- **secretary** 총무, 비서, 서기
- **treasurer** 회계 담당자
- **follow** 따르다, 지키다
- **to the letter** 정확히 그대로, 글자 그대로(cf. letter 글자, 편지)

"Quiet, please," said the librarian, Mrs. Cooper.

She held a stack of papers.

"Please take a handout.

Keep the rules, but tear off the bottom part.

That's where you'll need to sign your name.

Then turn the form in."

Paula Stamp was the first to raise her hand.

"Mrs. Cooper, I don't think this is fair.

According to the rules, I can't give out candy."

"That's right," said the librarian.

"You cannot pass out candy or other materials to win a vote."

"But how are we supposed to get people to vote for us?" asked a girl in the back of the room.

- **quiet** 조용한, 내성적인
- **librarian** (도서관의) 사서
- **a stack of** ~ 한 무더기(*cf.* stack 무더기)
- **handout** 인쇄물, 유인물
- **tear off** 찢어내다, 떼어내다(tear-tore-torn)
- **bottom** 맨 아래쪽의; 맨 아래
- **sign** 서명하다; 징후, 표지판
- **turn in** 제출하다
- **form** 양식, 형식
- **raise** 들어 올리다, 인상하다
- **according to** ~에 따르면
- **give out** 나눠주다(give-gave-given)
- **pass out** 분배하다(*cf.* pass 건네주다, 합격하다)
- **material** 물질, 재료
- **be supposed to + 동사원형** ~해야 하다, ~하기로 되어 있다
- **back** 뒤쪽, 등

Mrs. Cooper smiled.

"There are other ways to get votes," she said.

"You'll have your posters, and you can give out buttons, too."

"But we have to *make* the buttons."

It was Paula again, complaining.

▲ (미술용) 색판지

"With construction paper that you provide. My mother was going to buy fancy buttons for me!"

"Not every candidate is able to buy buttons," said Mrs. Cooper. Aha!

"We want each candidate to have the same opportunity when it comes to campaigning."

"It's not like that in a *real* election," grumbled Paula.

- **complain** 불평하다, 호소하다
- **construction paper** (미술용) 색판지, (공작용) 판지
- **provide** 공급하다, 제공하다
- **buy** 사다, 구입하다(buy-bought-bought)
- **fancy** 세련된, 화려한

- **be able to + 동사원형** ~할 수 있다
- **opportunity** 기회
- **when it comes to** ~에 관한 한
- **grumble** 투덜거리다, 툴툴거리다

"Not every candidate is able to buy buttons," said Mrs. Cooper. "모든 후보자가 배지를 살 수 있는 건 아니잖니." 쿠퍼 선생님이 말했다.

'be동사 + able to + 동사원형'은 '~할 수 있다'라는 뜻으로, 'be동사 + able to'는 can으로 바꿔 쓸 수도 있어요.

ex. I am able to buy the book. 나는 그 책을 살 수 있다.

A fifth grader raised his hand.

"Can we wear a T-shirt with our slogan on it?"

"Yes," said Mrs. Cooper.

"Use a solid colored T-shirt and make your own design.

Only the candidates and their campaign team can wear special T-shirts.

You can't give them out to students."

- **T-shirt** 티셔츠
- **solid** 다른 색깔이 섞이지 않은, 단색의
- **own** ~ 자신의; 소유하다

- **design** 디자인, 설계도
- **only** 단지, 오직
- **special** 특별한, 독특한

"Well, there goes another one of my ideas," said Paula.

"Honestly, I don't know why I'm even bothering to run."

"You can always drop out," said Joey.

"And then my buddy, Daniel, would be our president."

Daniel smiled nervously.

"Oh, no, that's not going to happen," said Paula.

"I'll still win the election.

I've got an *amazing* speech!"

Daniel gulped.

He'd forgotten about the speech!

Every candidate had to give a speech.

Just thinking about standing in front of all those students and talking made Daniel shudder.

Why had he said he'd run for president?

He felt sick to his stomach, listening to Mrs. Cooper.

- **there goes** (기회가) 사라져 버리다
- **another** 또 다른
- **honestly** 솔직히, 정말로
- **bother** 신경 쓰다, 괴롭히다
- **always** 언제나, 항상
- **drop out** 빠지다, 중퇴하다
- **and then** 그런 다음
- **buddy** 친구, 단짝
- **nervously** 소심하게, 초조하게

- **happen** 발생하다, 일어나다
- **amazing** 놀라운, 굉장한
- **speech** 연설, 강연
- **forget** 잊다(forget-forgot-forgotten)
- **give a speech** 연설하다
- **in front of** ~ 앞에
- **shudder** (공포·추위 등으로) 몸을 떨다
- **feel sick to one's stomach** 메슥거리다
  (feel-felt-felt)(*cf.* stomach 배, 위장)

"You can always drop out," said Joey. "너는 언제든 빠질 수 있어." 조이가 말했다.

'항상, 언제나'라는 뜻의 always는 어떤 일이 얼마나 자주 일어나는지 그 빈도를 나타내는 말로 '빈도부사'라고 해요. sometimes(때때로), often(종종), usually(보통) 등이 여기에 속하죠. 이런 빈도부사는 일반동사 앞, be동사와 조동사 뒤에 와요. 조동사는 can처럼 일반동사 앞에 와서 해당 동사를 보조해주는 역할을 하는 동사예요.

ex. I usually go to school on foot. 나는 보통 걸어서 학교에 간다.

"Two minutes," she said.

"That's all the time you'll have on Monday morning.

You can use notes, but I recommend you memorize your speech.

It looks better when you're talking into the camera."

The camera!

Daniel almost laughed out loud.

He wouldn't have to stand up in front of the whole third grade class!

He only had to give his speech to the TV camera in the media center's studio.

He could do that!

Daniel signed the bottom of the form and placed it on Mrs. Cooper's desk.

POP QUIZ

무엇이 연설에 대한 다니엘의 생각을 바꿨나요?
ⓐ He knew Joey would give the speech if Daniel couldn't.
ⓑ He only had to give his speech in front of a TV camera.

ⓑ 답정

- **minute** (시간 단위) 분
- **note** 메모, 쪽지
- **recommend** 추천하다, 권장하다
- **memorize** 암기하다, 기억하다

- **camera** 카메라, TV 카메라, 사진기
- **almost** 하마터면, 거의
- **laugh out loud** 큰 소리로 웃다
- **studio** 스튜디오

"I'm so happy to see you here, Daniel," said Mrs. Cooper.

"The third grade is going to have an interesting election, I think."

She raised an eyebrow.

Daniel and Joey smiled.

"Just you wait and see," said Joey.

"Daniel's the man with a plan."

"Humph," said Paula.

"It's going to take more than a plan to beat *me*."

She placed her form on top of the stack.

"Make sure you follow all the rules, Daniel."

Then she secretly snatched Daniel's form from the pile.

Daniel turned and slung his backpack over his shoulder.

He didn't see his form, sticking out of Paula's back pocket!

- **see** 보다, 알다(see-saw-seen)
- **interesting** 흥미로운, 재미있는
- **wait** 기다리다, 대기하다
- **humph** (불만을 나타내는 소리) 흥
- **on top of** ~의 위에
- **make sure** 반드시 ~하도록 하다
- **secretly** 몰래, 비밀스럽게
- **snatch** 잡아채다, 움켜쥐다
- **pile** 쌓아 놓은 것, 더미
- **sling** (느슨하게) 매다, 걸다(sling-slung-slung)
- **backpack** 배낭
- **stick out of** ~ 밖으로 나오나[내밀다], ~에서 비어져 나오다(stick-stuck-stuck)

A 다음 내용이 옳으면 T, 틀리면 F에 표시하세요.

❶ Only the students running for president were allowed to campaign. **T F**

❷ Mrs. Cooper is Daniel and Joey's science teacher. **T F**

❸ Daniel and Joey attended a meeting about election rules. **T F**

❹ Daniel was nervous when Mrs. Cooper mentioned the speech. **T F**

❺ Only candidates running for president gave a speech. **T F**

B 회장 선거에 출마하는 데 필요한 행동들입니다. 이야기 전개에 맞게 다음 문장들을 다시 배열하세요.

❶ Turn in the signed form.

❷ Pick up one of Mrs. Cooper's handouts.

❸ Tear off the bottom part of the form.

❹ Sign the bottom section of the form.

________ → ________ → ________ → ________

Answers

A ❶F ❷F ❸T ❹T ❺F
B ❷ → ❸ → ❹ → ❶

 다음 질문에 알맞은 답을 고르세요.

❶ 쿠퍼 선생님은 연설하는 것에 대해서 학생들에게 어떤 조언을 해주었나요?

a) Talk loud and look the audience in the eye.

b) Make sure to use words that everyone will understand.

c) Try to memorize the speech rather than reading it.

d) Don't worry about going over the time limit.

❷ 모임이 끝났을 때 다니엘의 출마 양식은 어디에 있었나요?

a) on the bottom of the pile of forms

b) in the trash can

c) in Mrs. Cooper's desk drawer

d) in Paula Stamp's back pocket

D 밑줄 친 부분에 들어갈 알맞은 말에 동그라미 하세요.

❶ Daniel had better not read his (notes / slogan) during the speech.

❷ Daniel would give his speech to a (camera / tape recorder).

❸ Daniel was so relieved, he almost (cried / laughed).

❹ The studio was located in the (cafeteria / media center).

Answers

C ❶ c   ❷ d

D ❶ notes   ❷ camera   ❸ laughed   ❹ media center

Too Late
for Victory?

승리를 위해선 너무 늦었나?

The next day, Beth, Daniel, and Joey stood patiently in line.

"I'd like 15 feet of brown, please," said Beth.

All the candidates were at the media center, getting their paper for posters.

Mrs. Cooper measured.

"That's a bit plain, isn't it?"

"Don't worry, Mrs. Cooper.

We have a great plan," said Beth.

"A terrific plan," said Joey.

"An out*stand*ing plan," said Daniel with a grin.

- **next day** 다음 날(*cf.* next 다음의 / day 날, 하루)
- **stand in line** 일렬로 나란히 서다
- **patiently** 참을성 있게, 느긋이
- **would like** ~을 가지고 싶다(*cf.* would는 'd로 줄여 쓰기도 함)
- **feet** (길이 단위) 피트(foot의 복수형. 약 30센티미터)

- **measure** 측정하다, 재다
- **a bit** 약간, 조금
- **plain** 밋밋한, 평범한
- **worry** 걱정하다, 괴롭히다
- **outstanding** 뛰어난, 두드러진
- **grin** 활짝 웃음, 크게 웃음

Mrs. Cooper paused.

"Daniel, I'm sorry."

She looked at a stack of forms on the desk.

"I can't give you any paper.

You didn't turn in your form."

"But I did turn it in," said Daniel.

"You saw me, Joey."

"Oh, that's too bad, Daniel," said Paula, standing behind him.

"I guess you won't be able to run for president after all."

"What?" Joey glared at Paula.

"That's not right.

He turned in his form!"

"Now, hold on a minute," said Mrs. Cooper.

"If you wait till I finish with everyone, we'll sort this out."

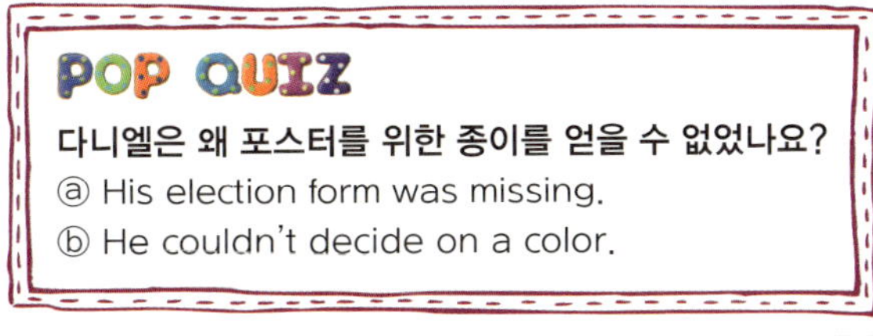

- **pause** 잠시 멈추다
- **sorry** 미안한, 안쓰러운
- **That's too bad.** 그것 너무 안 됐다.. 유감이다.
- **won't** will not의 축약형
- **after all** 결국에는, 어쨌든

- **glare at** ~을 노려보다
- **till** ~까지
- **finish** 미치다, 끝내다
- **sort out** ~을 해결하다[정리하다]

Daniel fumed as they waited at the end of the line.
By the time he filled out his form and got his materials,
the afternoon was almost gone.
Paula had already finished her posters and started on
her buttons!

Daniel sighed.
She had a great
slogan,
and the
letters were
practically
perfect.
They'd used
a bucket of
glitter, too.
And her buttons were
just as wonderful.

- **fume** (화가 나서) 씩씩대다
- **as** ~하는 동안에, ~ 때문에; ~처럼
- **at the end of** ~의 끝에
- **start on** ~에 착수하다, ~을 공격하다
- **practically** 사실상, 거의
- **bucket** 양동이, 물통
- **glitter** (장식용) 반짝이; 반짝반짝 빛나다
- **just as** 꼭 ~처럼
- **wonderful** 아주 멋진, 훌륭한

"She's got a big head start
on us," said Daniel.
"You know we only
have three days
for campaigning!"
"Don't worry,"
said Beth.
"We'll catch up."
"I promise you,"
said Joey.
"We'll put up your
posters today!
Then everybody will know who Daniel Streeter is!"

- **head start (on)** (~보다) 앞선 출발,
  (남보다 일찍 시작해서 갖게 되는) 유리함
- **catch up** 따라가다, 따라잡다(catch-caught-caught)

- **promise** 약속하다; 약속
- **put up** 세우다, 내걸다, 게시하다
  (put-put-put)

Then everybody will know who Daniel Streeter is! 그러고 나면 모두가 다니엘 스트리터가 누구인지 알게 될 것이다!

'의문사 + 동사 + 주어?'의 순서로 질문을 하는 의문문이 동사의 목적어로 평서문 안에 들어올 경우에는 '의문사 + 주어 + 동사'의 순서로 바뀌어요. 여기서도 의문문 Who is Daniel Streeter?가 know의 목적어가 되면서 순서가 who Daniel Streeter is가 된 거예요.

ex. I know when your birthday is. 나는 네 생일이 언제인지 안다.

Joey kept his promise.

They worked hard and Daniel had to admit that they'd done a great job.

After all, he had the only posters that hung vertically.

They had to hang upright because Beth had traced Daniel's body on the brown paper.

Then, they'd cut out his figure.

So students could actually stand next to a life-sized, paper Daniel Streeter!

- **keep a promise** 약속을 지키다
- **hard** 열심히; 딱딱한, 어려운
- **do a job** 일을 하다(do-did-done)
- **hang** 걸리다, 걸다, 매달다(hang-hung-hung)
- **vertically** 수직으로, 세로로
- **upright** 수직으로, 똑바로; 똑바로 선
- **trace** (형체·윤곽을) 따라가다, (선을) 그리다
- **cut out** 잘라내다(cut-cut-cut)
- **figure** 형상, 모습, 인물

- **actually** 실제로, 정말로
- **next to** ~ 옆에
- **life-sized** 실물 크기의
- **hop off** ~에서 뛰어내리다, 이륙하다
- **before** ~하기 전에; ~ 전에, ~ 앞에
- **hear** 듣다(hear-heard-heard)
- **hey** 이봐, 어이
- **outside** ~ 밖에
- **recognize** 인식하다, 알아보다

The next morning, Daniel hopped off the bus.
But before he even walked into the school, he heard
someone call his name.

"Hey, look! It's Daniel Streeter!"
A boy stood outside the doors of the school.
How had he recognized Daniel?
Then Daniel remembered that he was wearing a T-shirt
with his slogan on it!

"It's about time you got here," said Joey, greeting him.

"Yes," said Beth, pulling Daniel into the school.

"Everyone is talking about your posters!"

A trio of third graders walked by.

"I'm voting for you, Daniel," said one of the boys.

"Me, too," said the other boy.

"Us guys have to stick together!"

"Thanks," said Daniel.

He turned to his friends.

"Do you really think they'll vote for me?"

"Sure," said Joey.

"I bet all the boys will vote for you!"

"But the girls," said Beth.

"Those votes are going to be much harder to win.

I hope you have a great speech."

Butterflies danced in Daniel's stomach.

He had the rest of the week to work on his speech.

For now, he and his campaign team needed to get his buttons finished.

Everywhere he looked, he saw Paula's campaign buttons glittering from third grade shirts!

- **it's (about) time + 주어 + 과거동사** …가 ~할 때이다
- **greet** 환영하다, ~에게 인사하다
- **pull** 당기다, 끌다
- **trio** 3인조
- **walk by** ~을 지나치다
- **stick together** 함께 뭉치다[단결하다]
- **harder** 더 어려운(hard의 비교급)

- **butterfly** 나비
- **dance** 춤추다; 춤
- **rest** 나머지, 휴식
- **work on** ~에 애쓰다[공들이다]
- **for now** 우선은, 현재로는
- **everywhere** 모든 곳, 어디나

Those votes are going to be much harder to win. 그 표들은 얻기 훨씬 더 어려울 것이다.

'더 ~한/~하게'라는 뜻인 비교급을 강조해서 '훨씬 더 ~한/~하게'라고 말하고 싶을 때는 비교급 앞에 much, even, far, still, a lot 등을 쓰면 돼요.

ex. She is much taller than me. 그녀는 나보다 훨씬 더 키가 크다.

Lunchtime arrived and Daniel was even more worried.

He looked around at a sea of Paula buttons.

He tried to eat his sandwich, but it stuck in his throat.

Paula walked up to his table.

"Gosh, Daniel," she said.

"You must be the only third grader who's not wearing one of my buttons!"

She pulled a button from her backpack.

"Wouldn't you like one?" asked Paula.

"No, thanks," stammered Daniel.

It was almost true, he thought.

He and Joey and Beth were probably the only third graders not wearing a Paula Stamp button.

And it would be tomorrow before he passed out *his* buttons.

Would it be too late to stop Paula's runaway campaign? 

"Are you okay, buddy?" asked Joey.

"I'm fine," said Daniel.

But he couldn't swallow another bite.

POP QUIZ

다니엘은 왜 식욕을 잃었나요?
ⓐ He was nervous, seeing students wearing Paula buttons.
ⓑ He had already eaten too much peanut butter.

ⓔ 답정

- **lunchtime** 점심시간
- **arrive** 도착하다, 찾아오다
- **worried** 걱정하는, 난처한
- **try to + 동사원형** ~하려고 애쓰다, ~하려고 시도하다
- **eat** 먹다(eat-ate-eaten)
- **stick in** (~에 끼어서) 꼼짝하지 않다
- **walk up to** ~에 걸어서 다가가다

- **gosh** 어이쿠, 이런
- **must + 동사원형** ~임이 틀림없다, ~해야 하다
- **No, thanks.** 고맙지만, 괜찮다.
- **stammer** 말을 더듬다, 더듬으며 말하다
- **probably** 아마, 대체로
- **runaway** (승리 등이) 아주 수월한, 일방적인
- **fine** 괜찮은, 좋은

Would it be too late to stop Paula's runaway campaign? 그것이 폴라의 일방적인 선거운동을 멈추기엔 너무 늦을 것인가?

'too + 형용사 + to + 동사원형'은 '…하기엔 너무 ~하다', '너무 …해서 ~할 수 없다'라는 뜻을 나타내요.

ex It was too dark to play outside. 너무 어두워서 밖에서 놀 수 없었다.

Comprehension Quiz

A 다음 내용이 옳으면 T, 틀리면 F에 표시하세요.

❶ Joey saw Daniel turn in his permission form. `T` `F`

❷ Daniel's form was hidden on Mrs. Cooper's desk. `T` `F`

❸ Paula Stamp told Daniel he wouldn't be able to run for president. `T` `F`

❹ Daniel had to fill out the form again. `T` `F`

❺ Paula had finished her buttons when Daniel got his materials. `T` `F`

B 밑줄 친 부분에 들어갈 알맞은 말에 동그라미 하세요.

❶ (Beth / Joey) told Daniel that everyone was talking about his posters.

❷ A trio of third graders is (two / three) people.

❸ A boy told Daniel that the guys had to (stick / laugh) together.

❹ Joey was sure that (all / some) of the boys would vote for Daniel.

Answers

A ❶ T ❷ F ❸ T ❹ T ❺ F

B ❶ Beth ❷ three ❸ stick ❹ all

C 다음 질문에 알맞은 답을 고르세요.

❶ 폴라의 포스터를 훌륭하게 만든 3가지는 무엇인가요?

a) extra-large size, bright color, and glitter

b) a great slogan, glitter, and the color blue

c) a great slogan, almost perfect letters, and glitter

d) perfect letters, a good slogan, and silver paint

❷ 조이는 왜 모두가 다니엘 스트리터를 알게 될 거라고 장담했나요?

a) Joey was going to introduce Daniel to every third grader.

b) Joey planned to put an article in the newspaper.

c) Beth and Joey had a surprise banner made for Daniel.

d) The design of their poster would attract attention.

❸ 다니엘이 버스에서 내렸을 때 한 소년은 어떻게 다니엘을 알아봤을까요?

a) He'd seen the posters all over the school.

b) He was one of Daniel's good friends.

c) He saw Daniel's name on the T-shirt he was wearing.

d) Beth and Joey had pointed Daniel out to the boy.

Answers

C　❶ c　❷ d　❸ c

Chapter Five

The Results Are in!

결과가 나오다!

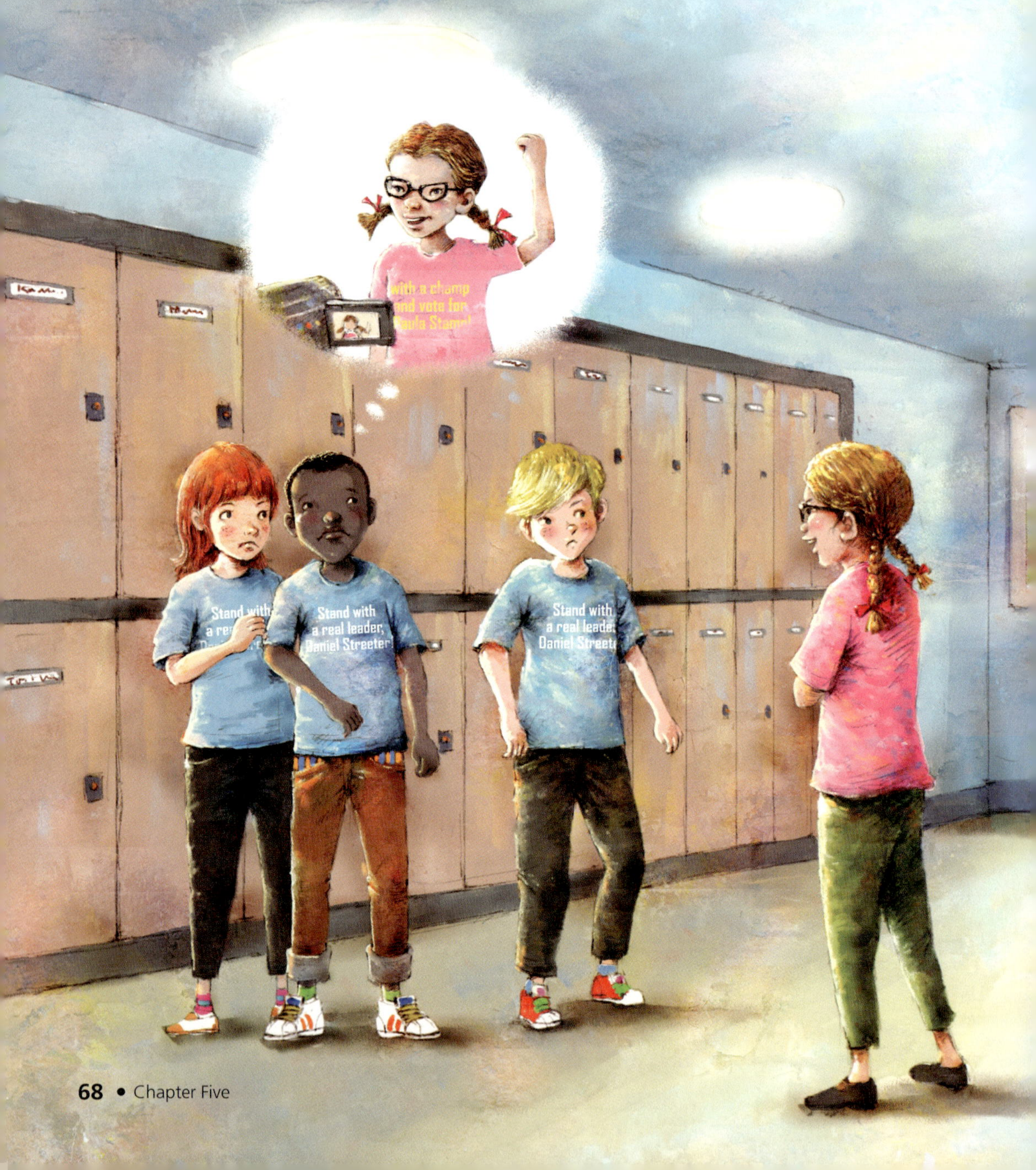

Monday had come all too soon for Daniel and his campaign team.

They'd given out all their buttons.

They'd asked every student in the third grade for a vote, even Paula Stamp.

Paula laughed.

"Sorry, Daniel, you won't get my vote," she said.

"I don't think you'll get *any* votes once the third graders hear my speech."

Daniel was afraid she was right.

The candidates had recorded their speeches just that morning.

It hadn't been easy for him, even though he only had to talk to a camera.

But Paula delivered her speech perfectly.

POP QUIZ

폴라는 왜 자신이 3학년 모두의 표를 얻을 거라고 생각했나요?

ⓐ Once they heard her speech, they'd have to vote for her.

ⓑ She had decided to give candy to all the third grade students.

ⓔ 답요

- **result** 결과, 성적
- **all too soon** 너무도 빨리, 어이없이
- **once** 일단 ~하면, ~하자마자
- **afraid** 불안한, 두려워하는
- **record** 녹화[녹음]하다, 기록하다

- **easy** 쉬운, 수월한
- **even though** 비록 ~일지라도
- **deliver** (연설·강연 등을) 하다, 배달하다
- **perfectly** 완벽하게, 완전히

The day passed in a blur, and at 2:15, the entire third grade gathered in the cafeteria.

Mrs. Cooper stood in front of a large screen.

"It's time to hear our candidates' speeches."

The students clapped.

Mrs. Cooper pointed to four tables.

On each table was a big box.

The box had a slot in the top.

- **in a blur** 눈 깜짝할 사이에, 빠른 속도로(*cf.* blur (특히 너무 빨리 움직여서) 선명하지 않게 보이는 것, 흐릿한 것)
- **gather** 모이다, 모으다
- **screen** 화면, 스크린
- **it is time to + 동사원형** ~할 시간[때]이다
- **clap** 손뼉을 치다
- **slot** (무엇을 집어넣도록 만든 가느다란) 구멍

"Those must be the ballot boxes," said Joey.

"Yes," said Mrs. Cooper.

"One for each class.

Don't forget to fill out your ballot!

The principal and I will tally the votes.

Candidates, please return at the end of the day for the results."

- **ballot box** 투표함(*cf.* ballot 투표용지, 무기명 투표)
- **principal** 교장; 주요한
- **tally** 총계를 내다
- **return** 돌아오다, 돌려주다

Daniel squirmed.

Did he need to show up for the results?

Paula had a great speech!

Mrs. Cooper flipped a switch.

The screen lit up with the first candidate, a girl running for secretary.

Daniel tried to concentrate, but he kept thinking about his own speech.

Suddenly, Paula Stamp's face smiled at Daniel!

The presidential candidates were starting.

정답 F

- **squirm** (초조하거나 불편해서 몸을) 꿈틀[꼼지락]대다
- **show up** 나타나다, 눈에 띄다
- **flip** (기계의 버튼 등을) 탁 누르다[돌리다]
- **switch** 스위치; 전환하다
- **light up** 환하게 되다(light-lit-lit)
- **concentrate** 집중하다, 전념하다
- **suddenly** 갑자기, 불쑥
- **pro** 전문가, 프로(professional의 비격식적인 표현)
- **extra-large** 특대의, 초대형의
- **serve** 제공하다, 근무하다
- **popcorn** 팝콘

- **soft drink** 청량음료
- **ring** (소리가) 가득하다[울려 퍼지다] (ring-rang-rung)
- **cheer** 환호(성); 환호하다, 응원하다 (cf. cheering 응원, 환호)
- **finally** 마지막으로, 마침내, 결국
- **fit** 건강한, 적합한
- **period** 시간, 기간
- **notice** 의식하다, 알아채다
- **a lot of** 많은(= lots of)

Paula smiled into the camera, looking like a pro.

She promised extra-large ice cream bars every Friday.

She promised a movie night at the school, serving
popcorn and soft drinks.

The cafeteria rang with cheers.

Finally, she promised that everyone would be more fit.

All they had to do was walk a mile during their lunch
period.

Daniel noticed that there wasn't a lot of cheering for *that*
promise.

In the next moment, Daniel's face filled the screen.

Could he win enough votes?

His speech didn't have all the bells and whistles like Paula's.

"G...g...good afternoon."

Daniel stuttered through his opening.

"I'd like to be your Third Grade P...President."

He cleared his throat.

He had a joke planned.

Would the students laugh?

"Even though a lot of you probably wondered if I could talk!"

Daniel heard a couple of kids laugh.

Whew, thought Daniel.

- **moment** 순간, 잠깐
- **bells and whistles** (특히 컴퓨터) 멋으로 덧붙이는 부가 기능, 부속물, 장식, 있으면 편리한 것
- **stutter** 말을 더듬다, 더듬거리며 말하다
- **opening** 시작 부분, 서두, 구멍
- **clear one's throat** 목을 가다듬다, 헛기침을 하다
- **joke** 우스갯소리, 농담
- **wonder** 궁금하다, 놀라다
- **a couple of** 두어 명[개]의

- **whew** (놀랍거나 안도할 때 내는 소리) 어휴
- **dispenser** (손잡이·단추 등을 눌러 안에 든 것을 바로 뽑아 쓸 수 있는) 기계[용기]
- **should + 동사원형** ~해야 하다
- **fill up** 가득 채우다, 가득 차다
- **volunteer** 자원하다, 자원봉사하다
- **empty** 비어 있는, 빈
- **frustrating** 불만스러운, 좌절감을 주는

"I don't have a lot of big promises," said Daniel.

"But I have ideas.

First, I think managing the pencil dispenser should be a third grader's job.

I can fill up the pencil dispenser for the first month.

And then, other students can volunteer."

The boys cheered.

The pencil dispenser in the third grade hall had always been a fifth grader's job.

But most days, the dispenser was left empty when the fifth grader forgot.

It was so frustrating!

"I think walking is a good idea," said Daniel.

"But only if that's how you want to spend your time after lunch."

The boys cheered and a few girls cheered, too.

"We could have a Third Grade Walking Club for those who are interested.

And maybe some of you would like to talk about your favorite books.

We could have a Lunchtime Reading Club."

More students cheered.

"I can't promise extra-large ice cream bars or popcorn and movies," continued Daniel.

"And I'm not sure that *anyone* can keep promises like those.

But if I'm elected, I hope you'll come to me with *your* great ideas for the third grade.

And we'll try to make them happen.

That's a promise I *can* keep!"

Cheers erupted across the cafeteria.

Everyone was clapping!

Well, thought Daniel, everyone but Paula Stamp!

- **only if** ~할 때에만 한해, ~해야만
- **spend** (시간을) 보내다, (돈을) 쓰다 (spend-spent-spent)
- **interested** 흥미 있어 하는
- **favorite** 매우 좋아하는
- **continue** 계속하다, 계속되다
- **erupt** 분출하다, 쏟아져 나오다
- **across** ~ 전체에 걸쳐; 가로질러

Daniel
Stand with
a real leader,
Daniel Streeter!
Stand with
a real leader,
Daniel Streeter!

The late afternoon sun shone through the window in the
media center.

Clumps of students sat at tables, waiting for the results.

Daniel and Joey waited at one table.

Paula and a few girls sat at a nearby table, laughing.

"You could pull off an upset victory," said Joey.

Daniel shrugged.

"Anything's possible, running for president."

Mrs. Cooper walked over and stood between the two tables.

"It was a very close vote," she said.

"And we counted twice, just to be sure."

Then she looked at Daniel.

Daniel nodded.

He was disappointed but he put out his hand.

"Congratulations, Paula."

"Oh, Daniel," said Mrs. Cooper.

She extended her hand.

"You're the new Third Grade President. Congratulations to *you*!"

- **shine** 비추다, 빛나다(shine-shone-shone)
- **clump** 무리, 무더기
- **nearby** 인근의, 가까운 곳의
- **pull off** (힘든 것을) 해내다, 성사시키다
- **an upset victory** 우월한 상대를 이기고 얻은 승리, 역전승
- **shrug** (어깨를) 으쓱하다
- **anything** 무엇이든
- **possible** 가능한(↔ impossible)

- **between** ~ 사이에
- **close** 막상막하의, 가까운
- **count** (수를) 세다, 계산하다
- **twice** 두 번, 두 배로
- **disappointed** 실망한, 낙담한
- **put out** (손을) 내밀다, 내쫓다
- **congratulations** 축하 (인사), 축하해(요)
- **extend** (팔·다리 등을) 뻗다, 내밀다

Chapter Five — Comprehension Quiz

A 다음 내용이 옳으면 T, 틀리면 F에 표시하세요.

❶ Candidates should return the next day for the results.　T　F

❷ Daniel wasn't sure if he needed to show up for the results.　T　F

❸ The presidential candidates' speeches began with Paula Stamp.　T　F

B 밑줄 친 부분에 들어갈 알맞은 말에 동그라미 하세요.

❶ When Daniel heard a couple of kids (laugh / cheer) at his joke, he felt better.

❷ Daniel did not make a lot of (promises / deals) in his speech.

❸ Daniel thought he could handle the (cost / responsibility) of refilling the pencil dispenser.

❹ The pencil dispenser in the third grade hall was a (fifth / third) grader's job.

Answers

A　❶ F　❷ T　❸ T
B　❶ laugh　❷ promises　❸ responsibility　❹ fifth

C

다음 질문에 알맞은 답을 고르세요.

❶ 다니엘은 왜 그가 표를 얻지 못할 거라고 걱정했나요?

a) The girls didn't like him.

b) Paula had given a better speech.

c) His buttons and posters weren't very appealing.

d) Paula Stamp told him so.

❷ 폴라 스탬프가 약속한 것이 아닌 것은 무엇이었나요?

a) extra-large ice cream bars on Friday

b) soft drinks and popcorn at a movie night

c) no homework on the weekend

d) a mile walk during the lunch break

❸ 다니엘은 왜 그가 선거에서 졌을 거라고 생각했나요?

a) Mrs. Cooper said it was a close election so he figured Paula won.

b) Mrs. Cooper looked at Paula Stamp and winked.

c) Daniel didn't think he got enough girl votes.

d) Daniel heard Paula laughing so he was sure she'd won.

Answers

C   ❶ b   ❷ c   ❸ a

Let's Review the Story

빈칸을 채우며 이야기를 다시 정리해 보세요.

Title: Who'll Be ___________ ?

Main Characters and Their Goals:

- Popular _______ Stamp wanted to be Third Grade President.
- Quiet _______ Streeter decided to run for Third Grade President.

The Obstacles that Daniel Faced:

- He is a quiet student so he was nervous about the election.
- He had to run against the most _______ girl in the third grade.
- He had to give a _______ to the entire third grade class.

The Ways in Which Daniel Overcame His Obstacles:

- He asked his _______ to help him with his campaign.
- He realized he only had to win a ma_______ of votes.
- He did not give up, even when Paula stole his permission _______ .
- He was able to r_______ his speech rather than speaking in front of the entire class.

The Factors That Led to Daniel Streeter's Win:

- His friends, _______ and B_______ , helped him.
- He had a creative sl_______ .
- He gave a fair and honest sp_______ .
- He never gave up.

Let's Think & Talk

아래의 물음에 대해 생각해 보고 자유롭게 답하세요.

❶ 여러분은 다니엘과 폴라의 선거 슬로건과 공약 중 어느 것이 더 좋다고 생각하나요? 그 이유는 무엇인가요?

❷ 미국의 역대 대통령들의 선거 슬로건을 다시 정리해 보고, 여러분은 누구의 슬로건이 제일 좋은지 말해 보세요.

❸ 여러분이 학생회장 선거에 출마한다고 하면, 어떤 슬로건을 만들고, 어떤 공약을 내세워 선거운동을 할지 말해 보세요.

Let's Review the Story

Title: Who'll Be President ?

Main Characters and Their Goals:

- Popular Paula Stamp wanted to be Third Grade President.
- Quiet Daniel Streeter decided to run for Third Grade President.

The Obstacles that Daniel Faced:

- He is a quiet student so he was nervous about the election.
- He had to run against the most popular girl in the third grade.
- He had to give a speech to the entire third grade class.

The Ways in Which Daniel Overcame His Obstacles:

- He asked his friends to help him with his campaign.
- He realized he only had to win a majority of votes.
- He did not give up, even when Paula stole his permission form .
- He was able to record his speech rather than speaking in front of the entire class.

The Factors That Led to Daniel Streeter's Win:

- His friends, Joey and Beth , helped him.
- He had a creative slogan .
- He gave a fair and honest speech .
- He never gave up.

Who'll Be President?
전문 번역

누가 회장이 될까?

Who'll Be President?

p.10~11

다니엘은 가장 친한 두 친구인 조이, 베스와 함께 점심 식탁에 앉아 있었다. 학교 구내식당은 새로운 소식으로 시끌벅적했다. 3학년생들 선거들이 바로 코앞에 다가와 있었다!

"누군가 폴라에 맞서 선거에 출마*해야 해*." 베스가 말했다. 그녀는 볼로냐 소시지 샌드위치를 씹어 먹었다. "폴라가 1년 내내 우리를 쥐고 흔들게 할 순 없어!" 조이가 끙 하는 소리를 냈다. "폴라는 우리 생활을 고달프게 만들 거야. 너희들 그 애의 가장 최근 아이디어에 관해 들었어? 그 애는 3학년생이 점심을 먹고 나서 한 명도 빠짐없이 1마일을 걷기를 바란대. 그 애는 운동이 우리를 위해 좋다고 말하고 있어. 그리고 토마스 선생님은 그 계획을 100퍼센트 지지하고 계셔!"

p.12~13

"물론 그분이야 그 계획을 지지하시지." 베스가 말했다. "그분은 체육 선생님이시잖아." "그리고 운동이 우리에게 좋긴 *하지*." 다니엘이 인정했다. "하지만 사람들한테 그들의 자유 시간 동안에 운동하라고 *강요*할 순 없어." 조이가 말했다. "나한텐 점심 먹고 나서 그냥 앉아 빈둥거릴 권리가 있어. 나는 친구들과 얘기하고 싶어. 여긴 미국이야, 맞지? 자유인들의 땅이라고!" 베스가 고개를 끄덕였다. "용감한 자들의 고국이지!"

"폴라 스탬프에 맞서 출마할 정말 용감한 누군가가 필요할 거야." 다니엘이 말했다. "그 애는 3학년 학생 전체에서 가장 인기가 있는 여자아이니까." 베스가 동조했다. "그 애한테 도전한다는 건 틀림없이 미친 걸 거야." 조이가 말했다. "3학년 여자아이들은 전부 그 애한테 투표할 거라는 걸 너희도 알잖아."

p.14~15

그건 맞는 말이라고 다니엘은 생각했다. 폴라 스탬프를 이기기는 불가능할 것이다. 그렇긴 하지만, 다니엘은 정치를 좋아했다. 그는 그가 자기 학년을 위해 좋은 회장이 될 것이라고 생각했다. 그는 공정했으며, 남의 얘기를 잘 들어주는 사람이었다. 그는 3학년들을 위해 좋은 아이디어도 많이 갖고 있었다. "내가 3학년 회장 선거에 출마할 거야." 다니엘이 말했다.

베스가 그녀의 바나나를 떨어뜨렸다. "네가?" 조이의 우유는 그의 턱에서 질질 흘러내렸다. "진심이야?" 다니엘은 그들의 반응을 예상하고 있었다. 물론, 그는 공정하고 남의 얘기를 잘 들어주는 사람이었다. 그는 심지어 훌륭한 아이디어도 많이 갖고 있을지 모른다. 하지만 다니엘 스트리터는 3학년 전체에서 거의 *가장 조용한* 아이였다. 거의 아무도 그가 존재한다는 것을 몰랐다. 그럴더라도, 누군가는 폴라에 맞서 선거에 출마해야 했다.

다니엘이 친구들에게로 몸을 돌렸다. "약간 두렵긴 하지만, 난 그럴 거야. 너희가 날 도와줄래?" 베스가 한숨을 쉬었다. 다니엘은 이길 가능성이 없었다. 하지만 다니엘은 그녀의 가장 친한 친구 중 한 명이었다. "좋아." 그녀가 말했다. "나는 함께 할게. 하지만 우린 일을 시작해야 해. 슬로건하고 배지, 포스터들이 필요할 거야." "나도 낄게." 조이가 말했다. "너는 훌륭한 선거운동 매니저가 필요해." 그는 베스와 다니엘에게 엄지를 치켜들어 보였다.

"우린 이걸 해낼 수 있어!"

다니엘은 그의 땅콩버터와 젤리 잼 샌드위치의 마지막을 삼켰다. 3학년 회장 선거에 출마하려는 것은 그가 너무 욕심을 부린 걸까? 3학년을 구성하는 아이들은 백 명이 넘는 정도였다. 그들 모두를 설득하는 것은 어려울 것이다. 하지만 그때 다니엘은 미소를 지었다. 그는 *모든* 학생의 표가 필요한 것은 아니었다. 그는 단지 *다*수의 표만 필요했다. 55표 정도는 그렇게 많은 것처럼 보이지 않았다. 그리고 그는 이미 그의 점심 식탁에서 3표를 얻었다.

"얘들아, 서두르자." 다니엘이 말했다. "나는 우리 선생님한테 링에다 내 모자를

던지겠다고 말해야 하거든." "그 말 재미있네." 조이가 말했다. "넌 모자를 안 쓰고 있잖아."

"그건 내가 도전할 준비가 되었다는 뜻이야." 다니

엘이 말했다. "우리 아빠가 이 표현을 쓰셔. 그건 권투 링들이 원형이었던 19세기 초에 생겼어. 관중 속에 있는 누군가가 권투 선수에게 도전하고 싶다면, 링에다가 그의 모자를 던졌던 거야." "그거 딱 들어맞네." 베스가 말했다. "왜냐하면 넌 폴라에 맞서 회장 선거에 나가면서 도전을 하게 될 거니까."

2장. 승리 슬로건 찾기

베스는 다니엘의 소파에 털썩 주저앉아 〈꼭 읽어야 할 대통령의 시시콜콜한 이야기〉를 펼쳤다. "이 책에는 우리한테 필요한 게 전부 있어! 대통령 선거운동들에 나왔던 모든 슬로건을 확인할 수 있거든. 아마도 우리는 좋은 아이디어를 몇 개 건질 거야." 조이는 베스의 한쪽 옆에 앉았고, 다니엘은 그 다른 편에 앉았다. "좋은 생각이네." 다니엘이 말했다.

"조지 워싱턴의 슬로건은 뭐였니?" 조이가 물었다. "틀림없이 그는 괜찮은 걸 가지고 있었을 거야!" "그는 슬로건이 필요 없었어." 다니엘이 말했다. "워싱턴은 선거인단에 의해 선출되었거든." "맞아." 베스가 말했다. "그는 또 만장일치로 선출됐어. 그 말은 선거인단의 모든 사람이 그에게 투표했다는 뜻이야."

"내 생각에는 우리가 그 얘기를 나눴던 날에 나는 없었던 것 같네." 조이가 말했다. "그 선거 대학은 어디 있는 건데?" "그게, 그건 장소가 아니야." 다니엘이 말했다. "그건 절차야. 모든 주에는 일정한 수의 선거인들이 있어. 그들이 대통령과 부통령에게 투표하는 거야."

"잠깐만." 조이가 말했다. "난 우리/가 대통령을 뽑는다고 생각했었어. 그러니까, 내 말은 우리 부모님들이 투표한단 뜻이야. 그리고 등록된 유권자라면 다른 누구라도. 그게 맞지 않아?" "맞아." 다니엘이 말했다. "유권자들은 투표소에 가서 투표용지에 표시해. 대부분의 주는 '승자 독식' 제도를 채택하고 있어. 일반 투표의 과반수를 차지한 후보자가 선거인단 표를 전부 차지하는 거지."

"그리고 일반 투표에 관해 말하자면……" 베스가 한 숨을 쉬었다. "가장 인기 있는 3학년 아이를 이기려면 우리는 아주 멋진 슬로건이 필요할 거야! 그 아이는 꽤 멋진 걸 가지고 있거든." 다니엘이 침을 꿀꺽 삼켰다. "그게 뭔데?" "챔피언과 함께 가요, 폴라 스탬프에게 투표해요." 베스가 말했다. "와." 다니엘이 말했다. "그거 정말 좋네. (책에 있는) 그 슬로건들을 읽기 시작하는 게 낫겠다!"

베스가 책장을 넘겼다. "선거에서 승리하도록 도와준 첫 번째 슬로건은 '티페카누와 타일러도!'였어. 이건 1840년에 윌리엄 헨리 해리슨의 슬로건이었어. 그는 티페카누라는 곳의 전투에서 승리를 거뒀

고, 존 타일러는 그의 러닝메이트였어. 그래서 '티페카누와 타일러도!'가 생겨난 거야. 아주 머리에 쏙 들어오지, 응?" "그런 거 같아." 조이가 말했다. "하지만 다니엘은 어떤 전투에서도 이긴 적이 없잖아. 그리고 학교 선거들에서 부회장들은 따로 입후보하고 말이야."

다니엘이 고개를 끄덕였다. "너희들 쌍둥이 루시와 루크 바클리가 부회장 선거에 나올 거

라는 거 알고 있었니?" "그래서 둘 중 어느 쪽이든, 우리는 바클리 한 명을 얻게 되겠지." 조이가 말했다. "맞아, 하지만 여자아이들은 전부 루시에게 투표할 거야." 베스가 말했다. "3학년에는 남자아이들보다 여자아이들이 더 많아."

"공화당과 민주당, 두 정당 대신에 우리는 여자아이들 대 남자아이들의 대결이야." 다니엘이 말했다. "그러니까 마치 너하고 폴라가 대통령 선거에 나선 거나 같은 거네. 우린 여자아이들 일부를 우리 쪽으로 끌어들여야 할 거야." 조이가 말했다. "베스, 계속 읽어봐. 에이브러햄 링컨은 어때?" "흠." 그녀가 말했다. "그의 슬로건은 '당신의 농장을 위한 땅을 투표로 가결하세요'였어." "안돼." 다니엘이 말했다. "우린 좀 더 현대적인 게 필요해."

"어! 여기 어제 쓰여졌을 만한 게 있어! 캘빈 쿨리지 건데, '쿨리지와 함께 계속 냉정함을'이야." 베스가 말했다. "우린 '스트리터와 거리의 양지쪽에서 지내요!'로 할 수 있어." 조이가 움찔 놀랐다. "아니, 됐

어.” “나는 아이크가 좋아요?” 베스가 물었다. “그건 드와이트 아이젠하워 거였어. 그의 별명이 아이크였던 것 같아.”

“하나 생각났다!” 조이가 말했다. “댄의 편에 서세요!” “하지만 모두가 널 다니엘이라고 부르잖아, 안 그래?” 베스가 물었다. “맞아.” 다니엘이 말했다. “딴 건 없니?”

p.36〜37
“여기 재미난 게 있어, ‘땅콩만이 아닙니다.’ 이건 지미 카터 거였어.” “그래, 그는 땅콩 농사꾼*이었어*.” 조이가 말했다. “내 생각엔 그래도 그의 다른 슬로건이 더 나은 거 같아.” 베스가 말했다. “변화를 위한 지도자.” “확실히 더 낫네.” 조이가 말했다. “지도자……” 다니엘이 말했다. 그가 손가락을 튕겨 딱 소리를 냈다. “지도자의 편에 서세요!” “다니엘 스트리터!” 베스와 조이가 말했다.

“난 이게 좋아.” 다니엘이 말했다. “진정한 지도자, 다니엘 스트리터의 편에 서세요!” 그것이 좋은 슬로건이라고 그는 생각했다. 심지어는 대단한 슬로건일 수도 있었다. 하지만 그것이 3학년 여자아이 중 일부

를 설득할 만큼 충분히 대단한 것일까?

3장. 선거운동의 규칙들

p.40〜41
“서둘러.” 다니엘이 말했다. “모임에 늦을 수는 없어!” 다니엘과 조이가 미디어 센터의 문을 밀어 열었다. 그 공간은 3학년, 4학년, 5학년 학생들로 가득했다.

그들은 선거를 치르는 초등학교 학년들이었다. 각

학년은 회장, 부회장, 총무, 회계를 선출할 것이었다. 그들 모두는 선거운동을 펼칠 거였다. 그리고 선거에 출마하기를 원하는 모든 학생은 규칙들을 정확히 그대로 따라야 했다.

p.42〜43
“조용히 좀 하렴.” 도서관 사서인 쿠퍼 선생님이 말했다. 그녀는 종이 한 뭉치를 들고 있었다. “인쇄물을 한 장씩 받아라. 그 규칙들을 지키고, 그런데 맨 아랫부분은 떼어내렴. 그건 너희들 이름을 서명해야 하는 곳이란다. 그 다음에 그 양식을 제출하거라.” 폴라 스탬프가 맨 먼저 손을 든 사람이었다. “쿠퍼 선생님, 제 생각에

는 이건 공정하지 않은 거 같아요. 규칙들에 따르면, 저는 사탕을 돌릴 수 없네요.” “그렇단다.” 사서 선생님이 말했다. “너희는 투표에서 이기기 위해 사탕이나 다른 걸 나눠줄 수 없어.” “그렇지만 어떻게 사람들이 저희한테 투표하도록 만들어야 하죠?” 그곳 뒤쪽에 있던 한 여자아이가 물었다.

p.44〜45
쿠퍼 선생님이 미소를 지었다. “표를 얻는 다른 방법들이 있단다.” 그녀가 말했다. “너희는 포스터를 가지게 될 거고, 배지도 돌릴 수 있단다.” “하지만 배지를 우리가 *만들어야* 하잖아요.” 불평을 하며 말한 사람은 다시 폴라였다. “선생님께서 주시는 색판지로요. 저희 엄마는 저를 위해서 세련된 배지를 사주시려고 했단 말이에요!” “모든 후보자가 배지를 살 수

있는 건 아니잖니." 쿠퍼 선생님이 말했다. "선거운 동에 관한 한, 우리는 후보자 개개인이 똑같은 기회를 갖길 원한단다." "*실제*/ 선거에서는 그렇지 않잖아요." 폴라가 투덜거렸다.

5학년 학생이 손을 들었다. "저희 슬로건이 들어간 티셔츠를 입을 수 있나요?"

"그래." 쿠퍼 선생님이 말했다. "단색 티셔츠를 사용해서 너희들만의 디자인을 만들어라. 후보자들과 그들의 선거운동팀만 특별 티셔츠를 입을 수 있단다. 그것들을 학생들에게 돌릴 수는 없어."

p.46~47

"이런, 내 아이디어 중 또 하나가 날아가네." 폴라가 말했다. "솔직히, 내가 왜 괜히 성가시게 선거에 출마하는지 모르겠어." "넌 언제든지 빠질 수 있어." 조이가 말했다. "그러면 내 친구 다니엘이 우리의 회장이 될 거야." 다니엘이 소심하게 미소를 지었다. "어머, 아냐, 그런 일은 일어나지 않을 거야." 폴라가 말했다. "난 그럼에도 불구하고 선거에서 이길 거야. 난 *굉장한* 연설을 준비했거든!"

다니엘이 침을 꿀꺽 삼켰다. 그는 연설에 대해 잊고 있었던 것이다! 모든 후보자는 연설

해야 했다. 그 모든 학생 앞에 서서 말을 한다는 생각만으로도 다니엘은 몸서리가 쳐졌다. 왜 그는 회장 선거에 출마하겠다는 말을 했을까? 그는 쿠퍼 선생님의 말을 들으면서 속이 메슥거렸다.

p.48~49

"2분." 그녀가 말했다. "월요일 아침에 너희가 가지게 될 시간은 그게 다란다. 메모를 사용할 수 있지만, 나는 너희가 자기 연설은 암기하길 권한다. 카메라를 보고 말할 때 더 좋아 보이거든." 카메라! 다니엘은 하마터면 큰 소리로 웃을 뻔했다. 그는 3학년생 전체 앞에 서지 않아도 되는 거였다!

그는 미디어 센터의 스튜디오에서 TV 카메라에 대고 자기 연설을 하기만 하면 됐다. 그는 그건 할 수 있었다! 다니엘은 양식의 맨 아랫부분에 서명한 다음, 그것을 쿠퍼 선생님의 책상 위에 올려놓았다.

p.50~51

"다니엘, 널 여기서 보니 아주 기쁘구나." 쿠퍼 선생님이 말했다. "내 생각에 3학년은 흥미로운 선거를 할 거 같구나." 그녀가 한쪽 눈썹을 올렸다. 다니엘과 조이가 미소를 지었다. "꼭 두고 보세요." 조이가 말했다. "다니엘은 계획이 있는 사람이거든요." "흥." 폴라가 말했다. "*날* 이기려면 계획 이상이 필요할 거야." 그녀가 양식이 쌓여 있는 더미 위에 자신의 양식을 놓았다. "다니엘, 모든 규칙을 꼭 지켜라." 그런 다음, 그녀는 그 무더기에서 몰래 다니엘의 양식을 재빨리 움켜쥐었다. 다니엘은 몸을 돌리며 자기 배낭을 어깨에 휙 걸쳐 맸다. 그는 폴라의 뒷주머니에서 삐져나와 있는 자신의 양식을 보지 못했다!

p.54~55

다음날, 베스와 다니엘, 조이는 진득하게 줄을 서 있었다. "갈색으로 15피트 주세요." 베스가 말했다. 모든 후보자가 미디어 센터에 있었는데, 포스터를 위해 자신들의 종이를 받고 있었다. 쿠퍼 선생님이 치수를 재었다. "그건 좀 평범한데, 안 그러니?" "걱정하지 마세요, 쿠퍼 선생님. 저희에게 아주 좋은 계획이 있거든요." 베스가 말했다. "굉장한 계획이죠." 조이가 말했다. "아주 *뛰어난* 계획이에요." 다니엘이 활짝 웃으며 말했다.

p.56~57

쿠퍼 선생님이 잠시 멈췄다. "다니엘, 미안하구나." 그녀가 책상 위에 있는 양식 더미를 바라보았다. "네게는 어떤 종이도 줄 수 없구나. 너는 네 양식을 제출하지 않았거든."

"하지만 전 정말 그거 제출했는걸요." 다니엘이 말했다. "네가 봤잖아, 조이." "어머나, 너무 안 됐다, 다니엘." 그의 뒤에 서 있던 폴라가 말했다. "내 생각에 결국 넌 회장 선거에는 출마할 수 없을 것 같네." "뭐라고?" 조이가 폴라를 노려보았다. "그건 옳지 않아. 그는 양식을 제출했단 말이야!" "자, 잠시 기다리렴." 쿠퍼 선생님이 말했다. "내가 모두와 일을 끝낼 때까지 너희가 기다리면, 함께 이 일을 해결해 보자꾸나."

p.58~59

그들이 줄 끝에서 기다리고 있는 동안에 다니엘은 화가 나서 씩씩거렸다. 그

가 양식을 작성하고 재료들을 받고 나자 오후가 거의 다 지나갔다. 폴라는 이미 포스터들을 마치고 배지를 만들기 시작했다! 다니엘은 한숨을 쉬었다. 그녀는 훌륭한 슬로건을 가졌고, 글자들도 사실상 완벽했다. 그들은 반짝이도 한 양동이를 썼다. 그리고 그녀의 배지들도 마찬가지로 아주 멋졌다.

"그 애는 우리보다 출발이 훨씬 앞섰어." 다니엘이 말했다. "너희도 알다시피, 우린 선거운동할 시간이 3일밖에 없어!" "걱정하지 마." 베스가 말했다. "우리가 따라잡을 거야." "내가 약속할게." 조이가 말했다. "우린 오늘 네 포스터들을 세울 거야! 그러고 나면 모두가 다니엘 스트리터가 누군지 알게 될 거야!"

p.60~61

조이는 그의 약속을 지켰다. 그들은 열심히 작업했고, 다니엘은 그들이 일을 아주 훌륭하게 해냈다는 것을 인정해야 했다. 어쨌든, 그는 수직으로 내걸리는 유일한 포스터들을 갖게 되었다. 베스가 갈색 종이 위에 다니엘의 몸을 따라 선을 그렸기 때문에 그것들은 수식으로 세워 내걸려야 했다. 그런 다음, 그들이 그의 형체를 잘라냈다. 따라서 학생들은 실제로 실물 크기의 종이 다니엘 스트리터 옆에 설 수가 있었다!

다음 날 아침, 다니엘은 버스에서 깡충 뛰어내렸다. 그런데 심지어 학교로 걸어 들어가기도 전에 그는 누군가

가 그의 이름을 부
르는 것을 들었다.
"이봐! 다니엘 스트
리터네!" 한 소년이
교문 밖에 서 있었
다. 그 아이는 어떻

게 다니엘을 알아봤을까? 그때 다니엘은 자신이 그
의 슬로건이 적힌 티셔츠를 입고 있다는 사실을 떠
올렸다!

p.62~63

"네가 여기 올 시간이지." 조이가 그를 반기면서 말
했다. "맞아." 베스가 다니엘을 학교 안으로 잡아당
기면서 말했다. "모두가 네 포스터에 대해 말하고 있
어!" 3학년생 세 명이 옆을 지나쳐 갔다. "난 너한테
투표할 거야, 다니엘." 그 소년 중 한 명이 말했다.
"나도." 다른 소년이 말했다. "우리 남자들끼리 뭉쳐
야 돼!" "고마워." 다니엘이 말했다.
그가 친구들에게로 몸을 돌렸다. "너희는 정말로 저
아이들이 나한테 투표할 거라고 생각해?" "물론이
지." 조이가 말했다. "틀림없이 남자아이들은 전부
너한테 투표할 거야!" "하지만 여자아이들." 베스가

말했다. "그 표들은
얻기가 훨씬 더 어
려울 거야. 난 네가
아주 멋진 연설을
하길 바라." 다니엘
의 속이 울렁거렸
다. 그는 연설에 공을 들일 그 주의 나머지 날이 있
었다. 우선, 그와 그의 선거운동팀은 그의 배지 작업
을 마쳐야 했다. 그가 쳐다보는 곳 어디든, 그는 3학
년 셔츠들에서 폴라의 선거운동 배지가 반짝거리는
것을 보았다!

p.64~65

점심시간이 되자 다니엘은 더욱더 걱정스러워졌
다. 그는 폴라 배지의 바다를 둘러보았다. 그는 샌드
위치를 먹으려고 했지만, 목에 걸렸다. 폴라가 그의
식탁으로 걸어왔다. "이런, 다니엘." 그녀가 말했다.
"내 배지 중 하나를 달고 있지 않은 3학년생은 분명

히 너뿐일 거야!" 그녀는 자신의 배낭에서 배지 하
나를 끄집어냈다. "하나 안 가질래?" 폴라가 물었다.
"아냐, 됐어." 다니엘이 더듬으며 말했다.

그건 거의 맞는 말
이라고 그는 생각했
다. 아마도 그와 조
이, 베스만이 폴라
스탬프 배지를 달
고 있지 않은 유일

한 3학년생들일 것이었다. 그리고 그가 그의 배지를
나눠주기 전에 내일이 될 거였다. 그게 폴라의 일방
적인 선거운동을 멈추기엔 너무 늦을 것인가? "친구
야, 너 괜찮니?" 조이가 물었다. "난 괜찮아." 다니엘
이 말했다. 하지만 그는 샌드위치의 또 다른 한 입을
삼킬 수가 없었다.

p.68~69

월요일은 다니엘
과 그의 선거운동
팀에게는 너무도
빨리 왔다. 그들은
그들의 배지를 모
두 나눠주었다. 그
들은 3학년의 모
든 학생, 심지어는
폴라 스탬프에게
까지 한 표를 부탁
했다. 폴라는 웃었
다. "미안해, 다니엘, 내 표는 못 얻을 거야." 그녀가
말했다. "내 생각에는 일단 3학년 아이들이 내 연설
을 들으면, 넌 *어떤* 표도 얻지 못할 거야." 다니엘은
그녀 말이 맞을까 봐 불안했다. 후보자들은 바로 그
날 아침에 자신들의 연설을 녹화했었다. 비록 카메
라에 대고 말을 해야 했을 뿐이었지만, 그에게는 쉽
지 않은 일이었다. 그러나 폴라는 완벽하게 연설을
해냈다.

그날은 눈 깜짝할 사이에 지나갔고, 2시 15분에 3학년 전체가 구내식당에

모였다. 쿠퍼 선생님이 대형 스크린 앞에 서 있었다. "우리 후보자들의 연설을 들어볼 시간이다." 학생들이 손뼉을 쳤다. 쿠퍼 선생님이 네 개의 탁자를 가리켰다. 각 탁자에는 커다란 상자가 있었다. 그 상자 위에는 가느다란 작은 구멍이 하나 있었다.

"그것들은 틀림없이 투표함이군요." 조이가 말했다. "맞았다." 쿠퍼 선생님이 말했다. "각 반에 하나씩이란다. 너희들의 투표용지에 기입하는 걸 잊지 말아라! 교장 선생님과 내가 표를 집계할 거야. 후보자들, 저녁때 결과를 보러 다시 오너라."

다니엘은 몸을 비비 틀었다. 그가 결과를 보러 나타날 필요가 있을까? 폴라에게는 훌륭한 연설이 있었다! 쿠퍼 선생님이 스위치를 켰다. 첫 후보자와 함께 스크린이 환해졌는데, 그 아이는 총무 선거에 나온 여자아이였다. 다니엘은 정신을 집중하려고 애썼지만, 계속 자신의 연설을 생각했다. 갑자기, 폴라 스탬프의 얼굴이 다니엘에게 미소를 짓고 있었다! 회장 후보자들이 시작하고 있었다.

폴라는 카메라를 보며 미소를 지었고, 전문가처럼 보였다. 그녀는 매주 금요일에 특대 아이스크림 바를 약속했다. 그녀는 팝콘과 청량음료를 제공하는

학교에서의 영화의 밤을 약속했다. 구내식당에는 환호성이 울려 퍼졌다. 끝으로, 그녀는 모두가 더욱 건강해질 것이라고 약속했다. 그들이

해야 할 일은 점심시간 동안에 1마일을 걷는 것뿐이었다. 다니엘은 그 약속에는 환호성이 많지 않다는 것을 알아차렸다.

다음 순간, 다니엘의 얼굴이 스크린을 가득 채웠다. 그는 충분한 표를 얻을 수 있을까? 그의 연설에는 폴라의 연설처럼 온갖 멋진 장식이 들어 있지는 않았다. "조……조……좋은 오후입니다." 다니엘은 시작 부분 내내 더듬거렸다. "저는 여러분의 3학년 회……회장이 되고 싶습니다." 그가 목청을 가다듬었다. 그는 농담을 하나 계획해 두었었다. 학생들이 웃을 것인가? "비록 여러분들 중 많은 분이 아마 제가 말이나 할 수 있으려나 하고 궁금하실 테지만 말입니다!" 다니엘은 두어 명의 아이들이 웃는 소리를 들었다. 후유, 다니엘은 생각했다.

"저는 거창한 약속들은 많지 않습니다." 다니엘이 말했다. "하지만 아이디어들이 있습니다. 첫째, 연필통 관리는 3학년의 일이 되어야 한다고 생각합니다. 첫 달 동안은 제가 연필통을 채울 수 있습니다. 그다음에는 다른 학생들이 자원할 수 있습니다." 남자아이들이 환호성을 질렀다. 3학년 복도에 있는 연필통은 늘 5학년생의 일이었다. 하지만 대부분 날에 그 통은 5학년생이 잊어버리면 빈 채로 있었다. 그건 아주 짜증스러웠다!

"저는 걷기가 좋은 아이디어라고 생각합니다." 다니엘이 말했다. "하지만 그건 여러분이 점심을 먹고 나서 시간을 그렇게 보내고 싶어 할 때에만 그렇습니다." 남자아이들이 환호성을 질렀고, 몇몇 여자아이들도 환호했다. "우리는 흥미가 있는 사람들을 위해서는 3학년 걷기 동아리를 만들 수 있습니다. 그리고 어쩌면 여러분 중 몇몇은 자기가 가장 좋아하는 책들에 대해 이야기하고 싶을지도 모릅니다. 우리는 점심시간 독서 동아리를 만들 수도 있습니다." 더 많

은 학생이 환호성을 질렀다. "저는 특대 아이스크림 바나 팝콘, 영화들을 약속할 수는 없습니다." 다니엘은 말을 계속 이어나갔다. "그리고 누*군가* 그런 약속들을 지킬 수 있을지 확신할 수도 없습니다. 하지만 만약 제가 당선된다면, 3학년을 위한 *여러분의* 아주 훌륭한 아이디어들을 갖고 저한테 오시길 바랍니다. 그러면 그것들이 이루어지게 하기 위해 우리는 노력할 것입니다. 그게 제가 지킬 수 *있는* 약속입니다!"

환호성이 구내식당 전체에서 터져 나왔다. 모두가 손뼉을 치고 있었다! 그게, 다니엘 생각에는 폴라 스탬프만 빼고 모두가 말이다!

p.78~79

미디어 센터의 창문을 통해 늦은 오후의 해가 비추었다. 몇 무리의 학생들이 결과를 기다리며 탁자에 앉아 있었다. 다니엘과 조이가 한 탁자에서 기다렸다.  가까운 탁자에는 폴라와 몇몇 여자아이들이 앉아 웃고 있었다. "넌 예상 밖의 승리를 거둘 수도 있어." 조이가 말했다. 다니엘이 어깨를 으쓱했다. "회장 선거에서는 뭐든 가능하지."

쿠퍼 선생님이 걸어와 두 탁자 사이에 섰다. "아주 우열을 가리기 힘든 투표였다." 그녀가 말했다. "그리고 확실히 하기 위해 우리는 두 번을 세어봤단다." 그러고 나서 그녀는 다니엘을 쳐다보았다. 다니엘은 고개를 끄덕였다. 그는 실망  했지만, 손을 내밀었다. "축하해, 폴라." "어머, 다니엘." 쿠퍼 선생님이 말했다. 그녀가 손을 쭉 내밀었다. "네가 새로운 3학년 회장이란다. 축하한다!"

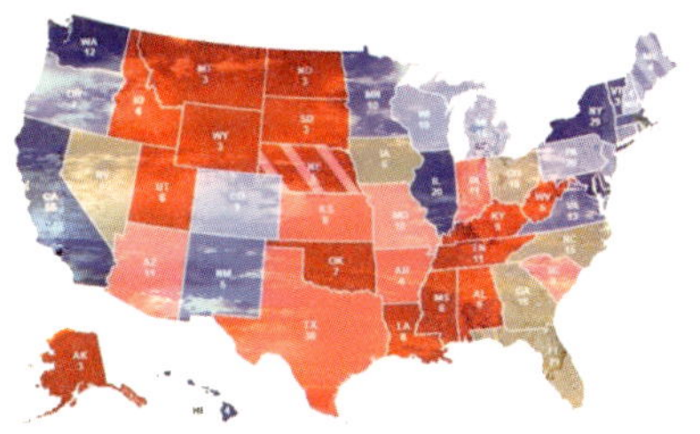

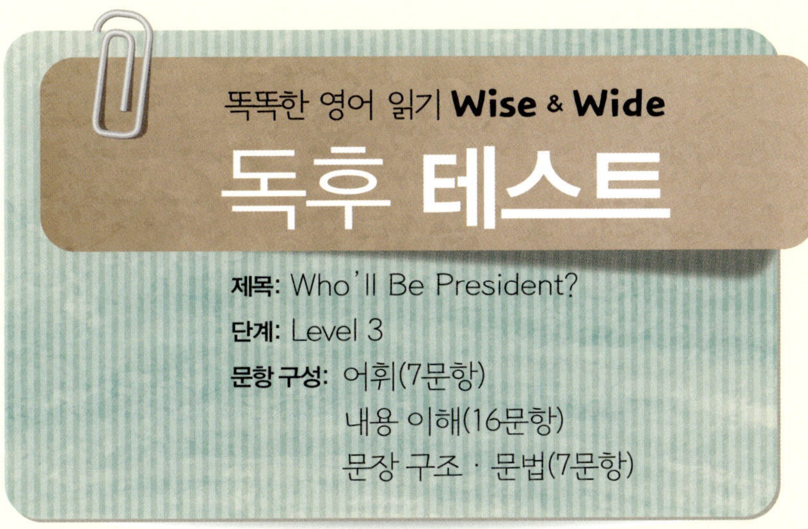

❖ 독후 테스트는 홈페이지(www.darakwon.co.kr)에서 온라인으로도 풀어보실 수 있습니다.
이 경우 점수와 응시 결과에 대한 평가까지 확인하실 수 있습니다.
추가로 제공되는 단어 퀴즈도 풀어보세요.

1. 다음 중 majority가 의미하는 것은 무엇인가요?

   ① more than half

   ② the least amount

   ③ exactly half

   ④ just a few

2. 다음 중 modern과 뜻이 반대인 것은 무엇인가요?

   ① ugly

   ② old-fashioned

   ③ smart

   ④ historic

3. 다음 중 outstanding과 뜻이 비슷한 것은 무엇인가요?

   ① average

   ② silly

   ③ expensive

   ④ excellent

4. 다음 중 동사의 과거형이 <u>틀린</u> 것은 무엇인가요?

   ① beat – beat

   ② read – read

   ③ tear – tear

   ④ cut – cut

※ 우리말을 영어로 옮길 때 빈칸에 알맞은 단어를 고르세요. (5~6)

5.
> 학교 구내식당은 새로운 소식으로 시끌벅적했다.
> → The school cafeteria buzzed ____________ news.

① in
② to
③ off
④ with

6.
> 그것은 내가 도전할 준비가 되었다는 뜻이다.
> → It means I'm ready ____________ a challenge.

① at
② for
③ across
④ with

7. 다음 중 아래 문장의 빈칸에 공통으로 알맞은 단어는 무엇인가요?

> • Instead _________ the two parties, we have the girls versus the boys.
> • Just thinking about standing in front _________ all those students and talking made Daniel shudder.

① by
② of
③ on
④ to

8. 폴라 스탬프에게 맞서는 누군가는 왜 용기를 가져야 하나요?

① Paula Stamp had a reputation for being mean.
② Paula Stamp wouldn't allow anyone to beat her.
③ Paula Stamp was the most popular girl in the third grade.
④ Paula Stamp was the biggest girl in the third grade.

9. 베스는 선거에서 다니엘을 돕는 것에 왜 동의했나요?
    ① She was sure Daniel could beat Paula Stamp.
    ② Daniel was one of her best friends.
    ③ She thought her teachers would give her extra credit.
    ④ She was very good at campaigning.

10. 베스는 다니엘이 회장 선거에 출마하기 위해서 어떤 3가지가 필요하다고 생각했나요?
    ① bravery, honesty, and money
    ② posters, courage, and candy
    ③ posters, buttons, and a good slogan
    ④ time, money, and a good slogan

11. "Tippecanoe and Tyler, too!"라는 슬로건에서 타일러는 누구였나요?
    ① the candidate running for President of the United States
    ② the running mate of William Henry Harrison
    ③ the campaign manager of George Washington
    ④ the brother of William Henry Harrison

12. 다니엘 편에 왜 여자아이들이 필요했나요?
    ① The girls were the only ones who voted.
    ② There were more girls than boys in the third grade.
    ③ The boys were all voting for Paula Stamp.
    ④ The girls would help him campaign.

13. 다니엘에게 좋은 아이디어를 준 슬로건은 무엇이었나요?
① "Stay on the Sunny Side of the Street!"
② "A Leader, For a Change."
③ "Stand with Dan!"
④ "Vote Yourself a Farm."

14. 학생 후보들은 출마 전에 모두 어디에서 만나기로 예정되어 있었나요?
① in the cafeteria
② in the school principal's office
③ on the playground
④ in the media center

15. 폴라 스탬프가 불공정하다고 생각했던 첫 번째 규칙은 무엇이었나요?
① Students were not allowed to give out candy.
② Students could not use purchased buttons.
③ Students were not allowed to use glitter on posters.
④ Students could wear specially printed T-shirts.

16. 쿠퍼 선생님이 후보자들이 표를 얻을 방법으로 제안한 것은 무엇이었나요?
① giving pencils to students
② promising to do students' homework for them
③ making and giving out buttons
④ sharing cupcakes with students

17. 폴라 스탬프는 왜 회장 선거를 계속하기로 했나요?
① She wanted a new dress for when she won.
② She had an amazing speech.
③ She was sure her slogan was the best.
④ She had an amazing T-shirt design.

18. 쿠퍼 선생님은 다니엘의 포스터에 대해 무엇을 걱정했나요?
① She didn't think he'd have enough paper.
② She thought his ideas were not very good.
③ She thought his choice of brown was too plain.
④ She didn't approve of his plans.

19. 조이는 다니엘의 출마 양식이 없어졌을 때 왜 폴라를 쳐다봤나요?
① He might guess that Paula had something to do with the missing form.
② Joey thought Paula's friends had taken the form.
③ Joey wanted to scare Paula so she'd quit the election.
④ He had something in his eye and it hurt.

20. 학생들은 무슨 요일에 선거를 했나요?
① Friday
② Monday
③ Wednesday
④ Saturday

21. 다니엘은 폴라의 공약 중 하나가 아주 인기가 있지는 않다는 것을 어떻게 알았나요?

① The students cried.

② The students clapped loudly.

③ The students refused to listen.

④ The students did not cheer very much.

22. 다니엘의 연설 시작 부분은 왜 웃겼나요?

① Daniel made a joke about stuttering.

② Daniel made fun of the other candidates.

③ Daniel made a joke about his quietness, how he didn't talk much.

④ Daniel made a joke about Paula Stamp's speech.

23. 다니엘이 3학년생들에게 한 공약 중 하나는 무엇이었나요?

① He promised a running club and a reading club.

② He promised that he would give the third graders regular ice cream.

③ He promised that he would listen to ideas and try to make them happen.

④ He promised that he would give a free pencil to each student.

※ 우리말을 영어로 옮긴 것 중 <u>틀린</u> 부분을 고르세요. (24~26)

24.
그 표들은 얻기 훨씬 더 어려울 것이다.
→ Those votes <u>are</u> going to <u>be</u> <u>many</u> harder <u>to win</u>.
　　　　　　　　① 　　　　　② ③ 　　　　　④

25.
하지만 그것이 3학년 여자아이들 중 일부를 설득할 만큼 충분히 대단한 것이었을까?

➡ But was it enough great to win over some of the third grade girls?
　　　　　①　　②　　　　　　　　③　　　　④

26.
"너는 언제든 빠질 수 있어." 조이가 말했다.

➡ "You always can drop out," said Joey.
　　　　①　　②　　　③　④

※ 우리말을 영어로 옮길 때 빈칸에 알맞은 것을 고르세요. (27~28)

27.
3학년을 구성하는 아이들은 백 명이 넘는 정도가 있었다.

➡ ___________ over one hundred or so kids who made up the third grade.

① There were　　　　　　② There are
③ Here is　　　　　　　④ Here was

28.
조이는 그녀의 한쪽 옆에 앉았고, 다니엘은 다른 편에 앉았다.

➡ Joey sat on one side of her and Daniel sat on ___________ side.

① another　　　　　　② the one
③ another one　　　　④ the other

29. 하지만 모두가 널 다니엘이라고 부른다, 그렇지 않니?

① But everyone call you Daniel, do they?
② But everyone calls you Daniel, didn't they?
③ But everyone calls you Daniel, don't they?
④ But everyone call you Daniel, don't they?

30. 그것이 폴라의 일방적인 선거운동을 멈추기엔 너무 늦을 것인가?

① Would it be too late to stop Paula's runaway campaign?
② Would it be very late to stop Paula's runaway campaign?
③ Would it be too late stopping Paula's runaway campaign?
④ Would it be so late stopping Paula's runaway campaign?

Memo

Memo 

 Memo

Memo

Cathy C. Hall 선생님은…

방송 관련 학위를 받으신 후 라디오 뉴스 리포터와 광고 카피라이터로 일하시다가 대학으로 돌아가 영어 교사 자격증을 취득하셨습니다. 10년간 교직에 계시며 유치원생부터 고등학생까지 두루 가르치셨습니다. 현재는 어린이와 어른들을 위한 스토리, 에세이, 시를 집필하는 작가로 활동하십니다. *Uncle John's Facts To Annoy Your Teacher, Chicken Soup for the Soul's Think Positive for Kids, Cup of Comfort for Dog Lovers* 등의 작품집에 작품을 발표하셨습니다.

똑똑한 영어 읽기
Wise & Wide **3-9**

누가 회장이 될까?
Who'll Be President?

지은이 Cathy C. Hall
펴낸이 정규도

초판 1쇄 인쇄 2017년 2월 1일
초판 1쇄 발행 2017년 2월 8일

편집장 최주연
책임편집 장경희, 박지영
표지·본문 디자인 이은희
전산편집 이은희
일러스트 이욱재
번역 안창열

다락원 경기도 파주시 문발로 211
내용문의 (02)736-2031 내선 510
구입문의 (02)736-2031 내선 250~252
Fax (02)732-2037
출판등록 1977년 9월 16일 제300-1977-23호
Copyright © 2017, 다락원

ISBN 978-89-277-0423-2 18740 / 978-89-277-0371-6 18740(set)

http://www.darakwon.co.kr
다락원 홈페이지를 방문하시면 상세한 출판 정보와 함께 MP3 자료 등 다양한 어학 정보를 얻으실 수 있습니다.